パティシエの恋愛条件

水上ルイ

14536

角川ルビー文庫

JN286206

Contents

Introduction

徳田翔一郎(22)
超一流レストラン「リストランテ・ラ・ベランダ・ミラノ」のパティシエ。ある出来事をきっかけに幼馴染みの昌人と疎遠になるが、今でも一途に昌人を愛し続けているらしく…？
安藤昌人(26)
グルメ雑誌「MD」の編集者。「リストランテ・ラ・ベランダ・ミラノ」の取材許可を得るため、二度と会うつもりのなかった幼馴染みの翔一郎と再会するハメになってしまい…!?

アルマンド・ガラヴァーニ(29)
ミラノの大富豪・ガラヴァーニ家の嫡男で、世界中に一流レストランを持つ「リストランテ・ラ・ベランダ」グループの現オーナー。
鮎川雪彦(26)
翔一郎と同じく超一流レストラン「リストランテ・ラ・ベランダ・ミラノ」で働いているスー・シェフ。

鮎川とアルマンドのラブストーリーはルビー文庫より大好評発売中の「エグゼクティブの恋愛条件」で読めます！！

イラスト／こうじま奈月

安藤昌人《あんどうまさと》

「あいつ、空港まで迎《むか》えに行くとか偉《えら》そうなことを言ったくせに……」

オレは到着《とうちゃく》ロビーを見回しながら呟《つぶや》く。

「……いないじゃんかよ」

ここはミラノマルペンサ空港、到着ロビー。ミラノ在住の年下の幼馴染《おさななじみ》がここまで迎えに来るはずだったんだけど、それらしき人影《ひとかげ》はどこにも見あたらない。オレは電光掲示板《けいじばん》を見上げ、自分が乗ってきた便の到着が遅《おく》れなかったことを確認《かくにん》する。

「時間、間違《まちが》えてんのかな？　まったく、昔からそそっかしいんだから」

いつも遅刻《ちこく》しそうだと言って慌《あわ》てていた高校時代の彼を思い出して、オレは微笑《ほほえ》ましい気分になる。

「まあいいか。自宅のナンバーはわかるし、夜にでも電話してやろう」

オレは呟き、ともかく市内に行かなきゃ、でもどうやって行きゃいいんだ？　と思う。

手に提《さ》げていたA4のエディターズバッグからミラノのガイドブックを引っぱり出し、空港から市内へのアクセスを調べる。

「所要時間は約五十分のタクシーか、マルペンサシャトルというバスかあとは所要時間四十分のマルペンサエクスプレスという電車……くそ、重い荷物を持って移動するのは面倒《めんどう》くさいぞ」

オレは、たくさんの資料が入ったやたら重いトランクを見下ろしてため息をつく。

「翔一郎《しょういちろう》のヤツ、会ったら絶対苛《いじ》めてやる」

呟きながら乱暴にガイドブックを閉じたオレに、誰《だれ》かが声をかけてきた。

「よかったら、市内までお送りしましょうか？」

そのイタリア語の発音はとても滑《なめ》らかで、その声は、まるで舞台《ぶたい》俳優のような美声。

「……え……？」

驚《おどろ》いて、声のした方を振《ふ》り返る。

……うっ！

心臓が、ドクン、と跳《は》ね上がる。

そこに立っていたのは、背の高い、とても見栄《みば》えのする一人の男だった。

仕立てのよさそうなチャコールグレイのイタリアンスーツ。それに包まれた、逞《たくま》しい肩《かた》。

腰《こし》の位置がすごく高くて、見とれるほど脚《あし》が長い。

スタイリッシュなサングラス、引き締《し》まった頬《ほお》と通った鼻筋、男っぽい唇《くちびる》。

彼は、若々しくて、そしてものすごく美しい男だった。

鼓動《こどう》が、どんどん速くなる。

……ヤバい、ドキドキする……！

実はオレは生粋《きっすい》のゲイ。しかも面食い。その手のバーでは名前の知られた遊び人。「マサトの前に行った美形はみんなオトされる」と言って、ほかの子たちからとても嫌《きら》われている。

とはいえ、オレはまだ誰にも身体《からだ》を許したことがない。とりあえずデートとキスくらいは許すけどそれだけだ。そのせいで『氷の女王様』というふざけたあだ名までつけられた。

自分は女性にまったく興味がない。きっとゲイなのだろうと思う。だからパートナーを探しにその手の場所に行くけど……「格好いいな」と感じる男はいても今まで運命を感じる相手になんか出会ったことがない。もったいぶってるわけじゃなくて、運命を感じないからセックスしないだけ。男に飢《う》えてるわけじゃないから、そのへんは当然とも言えるんだけど。

……しかし、仮にも『氷の女王様』と呼ばれたこのオレが……。

目の前に立つ美しい男に、オレは思わず見とれてしまう。

……なんで、こんなにドキドキしてるわけ？

「どうぞ」

彼が言って、その長い指を持つ美しい手をオレに差し出す。

「……え？」

「荷物を。車までお持ちしますよ」

男っぽい唇に笑《え》みを浮《う》かべられ、頬まで熱くなる。

……なんで見とれてるんだよ？

……誰にも心を許さない遊び人だったはずの、このオレが……。

「とても重そうだ」

彼の手が、オレの手からエディターズバッグをそっと奪《うば》う。仕事柄《しごとがら》、モバイルコンピューターを持ち歩くのが習慣になっているから意識していなかったけれど……手から放した途端《とたん》、それがいかに重かったかがよく解《わか》る。

「そんな華奢《きゃしゃ》な手で、こんなに重い荷物を持つなんて」

彼が言って、オレを見下ろしてくる。低音で話される美しいイタリア語に、オレは陶然《とうぜん》と聞き惚《ほ》れてしまう。

……ヤバい、ますますドキドキしてきた。

「昔から、全然変わっていないんだね、あなたは」

……本当にいい声。オレってもしかして声フェチかも……。

オレは思いながら、彼のイタリア語を頭の中で翻訳《ほんやく》し……。

……え……？

「昔から？　変わっていない？」

自分の翻訳が間違っているのかと思い、オレは彼に聞き返す。

「どういうことですか？　昔からオレのことを知っているみたいな……」

「久しぶり。そんなにうっとりしてくれるなんて、光栄だな」

「……は？」

「本当にわからないの？　俺の顔を忘れるなんてひどすぎない？」

「いいえ、初対面かと。あなたみたいなハンサム、一度会ったら忘れな……」

オレは言いかけ、そしてハッとする。

「……まさか……？」

あまりの衝撃《しょうげき》に、声がかすれる。彼はその美しい形の唇に笑みを浮かべて、

「ハンサムって言ってもらえて嬉《うれ》しいよ」

いきなり見事な発音の日本語で言って、サングラスをはずす。

凛々《りり》しい眉《まゆ》に、きっちりと刻まれた奥二重《おくぶたえ》。そして黒曜石のような瞳《ひとみ》。素顔《すがお》の彼は、サングラスをしている時よりもさらにハンサムに見えて……。

……だけど……。

「えええっ？」

彼の顔を見直したオレは、とんでもないことに気づいて声を上げる。

「おまえ、もしかして翔一郎かっ？」

「俺だってわかってなかったの？　相変わらず冷たいんだから」

彼はそのハンサムな顔に煌《きら》めくような笑みを浮かべて言う。

「もちろん翔一郎だよ。会いたかった、昌人」

そこにいたうっとりするほど美しい男は……なんとオレの年下の幼馴染だったんだ。

オレの名前は安藤昌人《あんどうまさと》。二十六歳。『MD』(Men's Dining の略だ）という雑誌の編集部で副編集長を務めている。

そして、この男は徳田《とくだ》翔一郎。現在二十二歳。イタリア、ミラノの一流レストランでパティシエをしている……と聞いた。

実家が隣《となり》同士だったのと、二人とも一人っ子だったせいで、翔一郎とオレはまるで本当の兄弟のようにして育った。オレは人懐《ひとなつ》こく慕《した》ってくれる翔一郎が可愛《かわい》くて仕方なく、もちろんずっと一緒《いっしょ》にいて彼の成長を見守るつもりだった。……こいつが、オレに特別な感情を持っていると知ってしまうまでは。

翔一郎はオレのエディターズバッグを持ち、足元に置いてあったトランクも軽々と持ち上げて、速い歩調で歩きだす。オレは彼の長いストライドに驚きながら、慌てて後を追う。

……あの可愛かった翔一郎と、この完璧《かんぺき》に美しい男が、同一人物とはとても思えない。

最後に会ったのは六年前。翔一郎が十六歳、オレが二十歳《はたち》の時だ。

子供の頃《ころ》の翔一郎は背が小さく、骨格だけがしっかりしていて、まるでバランスの悪い大型犬の子供みたいだった。だけどある日、何かのスイッチが入ったみたいに背が伸《の》び始めた。最後に会った六年前、日に日に大人びていく彼に、オレはとまどい、混乱していた。

そしてあの事件が起こり……オレは彼から逃《に》げてしまったんだ。

……たしかに兆候《ちょうこう》はあった。だけどあの翔一郎が、こんなに逞しく育つなんて。

オレは彼の広い背中に思わず見とれ……それから彼が急に立ち止まったせいで勢いよく背中にぶつかってしまう。

「……ぐっ」

一瞬《いっしゅん》だけ触《ふ》れた彼の背中は引き締まった筋肉に覆《おお》われていて、オレは情けない声を上げて撥《は》ね返されてしまう。

「ああ、ごめんなさい！」

翔一郎が驚いたように言って、倒《たお》れそうになったオレの腕《うで》をしっかりと摑《つか》んで支える。

「大丈夫《だいじょうぶ》？」

彼が言って、心配そうに顔を覗《のぞ》き込んでくる。腕を支えた手はとても大きかったけど、その漆黒《しっこく》の瞳が昔と変わっていないことに気づいて……オレは少しだけ安心する。

「大丈夫じゃねぇよ。全速で歩いてたくせに急に立ち止まるなよ」

手を振り払《はら》いながらオレが言うと、彼は手を上げて困った顔で髪《かみ》をかき上げる。

「俺、誰かと歩くのにあまり慣れていないんだ。しかもあなただと思ったら緊張《きんちょう》してしまった。

歩調を合わせるべきだった。ごめんなさい」

逞《たくま》しい身体と端整《たんせい》な顔をした完璧な美形に見えたけど、こんなふうにすると、彼は若々しくてなぜか妙《みょう》に可愛い。まるで尻尾《しっぽ》を垂れた大型犬みたいだ。

「いや……わかりゃいいんだよ、わかりゃ」

不覚にもときめいてしまいながら言うと、彼はホッとしたように息をつく。

「これからは、気をつけてきちんとエスコートするから」

彼は言いながら、ポケットからキーホルダーを取り出す。オレはそのキーホルダーと、自分が今前に立っている車を思わず見比べる。

「ちょっと待て。まさかおまえが乗ってきた車って、これじゃないだろうな？」

「ん？　これだよ？」

翔一郎は平然と言って、キーを鍵穴《かぎあな》に入れる。キーホルダーについているのは黒い馬が跳《は》ねている黄色いエンブレム。要するに……。

「フェラーリ575Mマラネロじゃないか」

オレは、そこに置かれた美しい流線型の車を呆然《ぼうぜん》と見ながら言う。

「なんでこんなものすごい車に乗ってるんだよ？」

オレはレストランだけじゃなくてモータースポーツもけっこう好きで、スポーツタイプの車には目がない。運転には自信がないし、なによりもお金がないので買えないけれど……フェラーリは一番の憧《あこが》れ。しかも……。

「こんなの新車で買ったら、日本じゃ二八〇〇万円はする。イタリアなら運搬費《うんぱんひ》がかからないぶんちょっとくらいは安いのかもしれないけど……それにしたって……」

これは二〇〇二年に発表された車で、フェラーリファンの永遠の垂涎《すいぜん》の的『550マラネロ』の改良版だ。フォルムは従来のマラネロのそれをほぼ受け継《つ》いでいるけれど、中身は最新技術を駆使《くし》している。もともとフェラーリが大好きなオレからしたら、見ているだけで陶然としてくるような素晴らしい車だ。

「駐車場《ちゅうしゃじょう》で立ち話もナンだよね。……乗って」

翔一郎が自然な仕草で助手席のドアを開けてくれる。背が高くて端麗《たんれい》な容姿の彼がそんなふうにすると、まるで映画のワンシーンみたい。怖《こわ》いほどにキマっている。

オレは不覚にもドキドキしてしまいながら、その助手席に座る。

コンソールは滑《なめ》らかなベージュの革張《かわば》り。趣味《しゅみ》のいいシンプルな計器類と、フェラーリのマークが真ん中についたハンドル。コンソールと同じ色の革の張られたシートはレーシング仕様にされていて、身体《からだ》がすっぽりとはまり込んで心地《ここち》よくホールドされる。

翔一郎はオレがきちんと座ったのを確認《かくにん》して、外側から静かにドアを閉めた。

……慣れてないとか言いながら、日本人の男にはなかなかできないエスコート。

フロントウインドウの向こうを横切る翔一郎を、思いながら睨《にら》み付ける。

……本当は、イタリアで遊びまくってるんじゃないのか？

オレの心臓が、なぜかドクンと鳴ってしまう。

翔一郎のルックスは、どう見ても極上《ごくじょう》。優《やさ》しそうだし、紳士《しんし》的。モテないわけがない。

彼がイタリア人の美青年の肩《かた》を抱《だ》いて歩いているところが頭の隅《すみ》をよぎり、なぜか胸が苦しくなる。

……別にこいつがどんなに遊んでようが、オレには関係ないはずで。

……っていうか、こいつに恋人《こいびと》がいたほうが絶対に都合がいいし。

オレは、最後の夜にこいつが言ったあの言葉を思い出す。

……いや、きっと絶対に忘れてる。

……それにこんなに格好いいんだから、恋人くらい絶対にいる。

……それであの約束を忘れてくれてたら……それがこいつのためにも一番いいことで。

運転席側のドアが開き、翔一郎が優雅《ゆうが》な動作で車内に滑《すべ》り込んでくる。

彼が慣れた仕草でイグニッションキーを回してエンジンをかけるのを、オレは横目で睨んでいた。

……こいつがこの車に乗るのは、たしかに絵になる。しかし。

低くて心地よいエンジンの音が身体を揺《ゆ》らす。そして、車がゆっくりと走りだす。

「なんでおまえがこんなすっごい車に乗ってるんだよ？　まさかこれを買うために莫大《ばくだい》な借金

とか背負ってないだろうな?」

「まさか。この車は俺のじゃなくて借り物だよ。好きな人を迎《むか》えに行くって言ったら、オーナーが『これにしなさい』って選んでくれたんだ」

「はあっ? 迎えのために、こんなものすごい車を貸してくれるのか?」

「俺の勤めている店のオーナーはお金持ちだからね。ミラノの貴族で大富豪《だいふごう》。フェラーリだけでも五、六台持っているみたいだし」

オレは、グルメ雑誌だけでなく経済雑誌でも顔を見かける『リストランテ・ラ・ベランダ』グループのオーナー、アルマンド・ガラヴァーニ氏の顔を思い出す。彼はモデルみたいなものすごいハンサムで、ガラヴァーニ財閥《ざいばつ》の御曹司《おんぞうし》。たしかにとんでもない大富豪のはず。

「海外の大富豪ってオレの想像をはるかに超《こ》えてる。なんか驚《おどろ》くよ」

オレがため息をつきながら言うと、翔一郎は微笑《ほほえ》みながら、

「たしかに、オーナーを見ているといろいろな意味で驚く。でもお金の使い方の趣味がいいから勉強になる。彼は面倒見《めんどうみ》がいいから、仕事のことだけじゃなく、いろいろなことを教えてくれている。仕事のことはもちろんだけど、普段《ふだん》のスーツの選び方、靴《くつ》のオーダーの仕方、あと、好きな人をどうやって口説けばいいか、とかね」

楽しそうに言う翔一郎の横顔を見ながら、オレは妙に納得《なっとく》していた。

……こいつがめちゃくちゃに垢抜《あかぬ》けたのは、そのオーナーのおかげか。

……しかし、『リストランテ・ラ・ベランダ・ミラノ』のオーナーとプライベートでも付き合いがあるなんて、こいつ、ちょっとすごいかも……。

オレは素直《すなお》に喜びそうになり、それから自分がある使命を帯びていることを思い出す。

……オレは、こいつを利用しようとしてるんだよなあ。

＊

都内の有名大学の文学部を卒業したオレは、そのまま大手出版社である『向陽社』に入社し、高級志向のグルメ雑誌『MD』の編集部に配属された。もともと食べることや美しいレストランが好きだったオレは大学時代からこの本を愛読していた。入社早々第一志望だったこの編集部に配属されてとても幸せだった。

新人時代はいろいろあったけど、やり手の編集長と、デキる編集（オレのことだ）のおかげで『MD』は業界だけでなく一般《いっぱん》読者にも話題になり、売り上げは伸び、オレは二十五歳の時に早くも副編集長になれた。『MD』はグルメ雑誌としては破格の二十一万部という部数を記録したこともある。しかし。

グルメブームが過ぎたと言われている昨今、レストランでの顧客争奪戦《こきゃくそうだつせん》は激しくなり「いい記事を書きたい」と思って夢を見ていたオレはたくさんの嫌《いや》なものを見てしまった。無理をしたせいで胃を壊《こわ》したようで体調は最悪。さらに高額でリッチな料理ばかりを載《の》せている『MD』の売り上げは最近ではどんどん落ち続けていた。編集長は取締役《とりしまりやく》たちからチクチクと脅《おど》され、同じ会社が出しているB級グルメ雑誌の編集者から嫌味《いやみ》を言われる始末だった。

そんなことはよくあることだ、と思って、いい雑誌を作ることだけに専念しようとしてきたオレたちだったけど……ある日、突然《とつぜん》、それどころじゃなくなったんだ。

オレは、こんな状況《じょうきょう》に陥《おちい》る原因になった、あの日のことを思い出す。

＊

「今月号の『ラ・グルマンティーヌ』は世界中で百万部突破《とっぱ》らしいぞ」

編集長が、コンピューターの画面を覗《のぞ》き込みながら言う。彼は柴田英次《しばたえいじ》。二十八歳。口癖《くちぐせ》は『最高級レストランの最上の席にふさわしい男であること』。たしかにそれがうなずけるような、リッチな雰囲気《ふんいき》のハンサム。今日もアルマーニの黒のスーツでキメている。……と言っても、もともとお金持ちのボンボンだからそんなものが買えるだけで、この会社の給料がそれほどいいとはとても思えない。

オレは、デスクに広げた台割用紙から目を上げないまま言う。

「それ、『マ・メゾン』の間違《まちが》いじゃないですか？」

『マ・メゾン』も『ラ・グルマンティーヌ』も、世界二十カ国で売り出されている。プロのシェフとレストラン関係者、そして自称《じしょう》グルメの熱烈《ねつれつ》な読者のいるこの業界では老舗《しにせ》の雑誌だ。とはいえ百万部というのは、グルメ雑誌の中では破格の数字。トップの売り上げを誇《ほこ》る『マ・メゾン』以外では、いくら世界的な雑誌とはいえなかなか出せる数ではない。まあ、十万部売り上げれば大ヒットと言われるオレたちみたいな国内雑誌では、夢の、夢の、また夢の数字なんだけど。

「いや、見間違いかと思ったが、そうではないらしい」

編集長が画面を覗き込みながら言う。オレは、

「『ラ・グルマンティーヌ』、先月の売り上げは五十万部いってなかったですよね？　どうして今月号だけ、売り上げが倍に跳《は》ね上がっているんですか？　特集は？」

不思議に思いながら顔を上げる。編集長はマウスを操作しながら、

「特集は……『リストランテ・ラ・ベランダ・ミラノ』のグラビア入り巻頭特集だな」

オレの向かいに座っている紅一点、神田《かんだ》雪代《ゆきよ》女史が、身を乗り出して、

「『リストランテ・ラ・ベランダ』グループの店の特集なら『マ・メゾン』でしょう？　私ももちろん買う予定ですし」

オレの隣《となり》の席の新人の小川《おがわ》保夫《やすお》が、ゲラと格闘《かくとう》しながら言う。

「『マ・メゾン』なら有名どころの店を網羅《もうら》してるから、百万部くらいいきそうだし……」

「今月は、『ラ・グルマンティーヌ』の売り上げが百万部、そして『マ・メゾン』の売り上げがなんと半分の五十万部。五十万人の読者は、どうして移動したのか、わかるか?」

編集長が気取った様子で言う。

「……五十万人の読者が移動するなんて、にわかには信じられないな」

オレは呟《つぶや》き、ため息をつく。オレの斜め向かい側に座っているベテランの千野《ちの》功志《こうじ》さんが、

「選挙でいえば浮動票《ふどうひょう》かな? それだけけいれば、うちの編集部も余裕《よゆう》で継続《けいぞく》決定だね! いや、それどころか社長賞を取って去年みたいなすごいボーナスがもらえて……」

「……まあ、そんな夢みたいな話、あるわけないでしょう?」

「いや、そうでもないぞ、安藤。見てみろ」

編集長がデスクに積まれた雑誌の中から一冊を引っぱり出して差し出す。オレはオフィスチェアを滑らせて彼の脇《わき》に行き、それを受け取る。

「今月号の『ラ・グルマンティーヌ』。これが百万部売れたんですか?」

編集長はうなずいて、

「そこの巻頭特集。『リストランテ・ラ・ベランダ・ミラノ』が載っている」

「え? 『リストランテ・ラ・ベランダ・ミラノ』の特集?」

千野さんが驚いたように言って立ち上がる。神田女史が、

「『リストランテ・ラ・ベランダ・ミラノ』の特集といえば『マ・メゾン』だけだと思ってた

のに！　本当ですか？」

　言いながら駆《か》け寄ってくる。小川までがゲラを放《ほう》り出して来て、誌面を覗き込む。

　そこに載っていたのはミラノにあるイタリア料理の名店『リストランテ・ラ・ベランダ・ミラノ』の記事だった。

「きゃあああ！　『リストランテ・ラ・ベランダ・ミラノ』のメンバーのグラビア付きだったのね！　帰りに絶対買わなくちゃ！」

　覗き込んだ神田女史がいきなり黄色い声で叫《さけ》ぶ。

「神田さんって、前は『会社で読めるから』って言ってグルメ雑誌なんか全然買わなかったですよね？　二百五十円の『グルまが』ですら会社で読んでたし……」

　小川が不思議そうな顔で言う。神田さんが、フフ、と笑って、

「七カ月前にグランシェフが美形のファビオ・セレベッティになってから、『リストランテ・ラ・ベランダ・ミラノ』の特集はずっと買っているわよ。あれから方針が変わったのか、グラビアが載るようになって見逃《みのが》せないのよね！」

　うちの編集部では、世界中の各料理雑誌を経費で取り寄せている。だから自費で二冊目を買うというのはかなりのファンということで。

「神田さんも『ラ・グルマンティーヌ』の読者なんですか？　『マ・メゾン』派だって言ってませんでした？」

小川の言葉に、神田さんはまた、フフ、と笑って、

「私は『リストランテ・ラ・ベランダ』派よ。あそこの系列の店の特集が載っている方の雑誌を買うの。だから今月はもちろん『ラ・グルマンティーヌ』を買うわ」

その言葉に、オレと編集長は思わず顔を見合わせる。

「五十万人の浮動する読者のうちの一人が、ここに」

「そうだな」

「うわ、これが厨房《ちゅうぼう》スタッフ？　モデルみたいな美形が何人も交ざってるけど」

小川の驚《おどろ》いた声に、神田さんが、そうなのよ、と得意げにうなずく。グラビアの最初のページに写っているのは、六人の男性だった。

「真ん中にいるのが七カ月前に別の超《ちょう》一流店から引き抜《ぬ》かれてきたというファビオ・セレベッティ。三十二歳の若さでこの『リストランテ・ラ・ベランダ・ミラノ』のグランシェフになったという天才よ」

彼女が指さしたのは、白いシェフコートを着た、黒髪《くろかみ》に黒い瞳《ひとみ》の爽《さわ》やかなハンサム。

「それから、彼の右隣にいるのが、一人目のスー・シェフ、マリオ・グランデ。以前からいるスタッフで店では最古参」

大きな身体《からだ》とにこやかな笑顔《えがお》は、さまざまなグルメ雑誌でもおなじみだ。まさにベテランという風格をただよわせている。

「そのさらに右隣が、メートル・ド・テルのフランコ・ロッティ。格好いいオジサマよね」

そこにいたのはタキシードに似たお仕着せを着た背の高い男性。白髪交《しらがま》じりの髪《かみ》をした、ダンディなイメージの美丈夫《びじょうふ》だ。

「それからこっち、セレベッティの左にいるのはグランパティシエのパトリス・ゴウスよ。世界中の有名な賞を取りまくってて、本も何冊も出してるから日本でも有名よね」

彼女が指さしたのは、スー・シェフと似たイメージの穏和《おんわ》そうな紳士《しんし》だった。テレビ番組やコンテストの審査員《しんさいん》などでも有名なので、日本人でも見覚えがあるだろう。

「ゴウスのさらに左にいるのが日本人のスー・シェフ、鮎川雪彦《あゆかわゆきひこ》くん。ミラノ本店に行く前は、築地《つきじ》にある『リストランテ・ラ・ベランダ・トーキョー』にいたの。私も、よくその美貌《びぼう》を拝みにいったものよ。彼がミラノに行ってしまったと聞いてショックだったわ。まあ、『リストランテ・ラ・ベランダ・トーキョー』にいるスタッフは、グランシェフから新人までかなりの美形揃《ぞろ》いだから、もちろんこれからも行くけどね」

彼女は、うっとりと誌面に見とれながら言い、それからふいに顔を曇《くも》らせて、

「彼の実力を知っている常連の間では、鮎川くんがミラノ本店に行くのは当然と言われてたわ。でもまだ二十六歳の若さで彼が『リストランテ・ラ・ベランダ・ミラノ』のスー・シェフになると決まった時には料理業界は騒然《そうぜん》としたものよ。『リストランテ・ラ・ベランダ・ミラノ』は地に落ちた、ついにルックスでスタッフを選ぶようになった』とかって言われて。鮎川くん

はマスコミに叩《たた》かれたりして可哀相《かわいそう》だったわね」

「うわあ、すごい美人だ。これがスー・シェフですか？　たしかに顔で選んだと言われてもしょうがないような綺麗《きれい》な人かも……あ、でも……」

　小川が誌面から顔を上げて、なぜかオレをうっとりと見つめる。

「俺的には、安藤さんみたいなタイプが好みかも。叱《しか》って欲しいなあ、なんて」

「うるさいヤツだな。くだらないこと言ってるならさっさとあのゲラ上げろよ」

　オレが言うと、小川はやけに嬉《うれ》しそうな顔になって、

「綺麗な顔でその乱暴な口調。癖《くせ》になりますよねえ」

「あんたが安藤くんファンなのはよぉくわかってるから！……ええと。いろいろあったけど鮎川くんはそのセンスと実力でめきめきと頭角を現し、今では天才として業界にその名をとどろかせてるわ。ファンとしても一安心よね。……あ、それから一番左端《ひだりはし》にいるのが、『リストランテ・ラ・ベランダ』グループ全体のオーナー、アルマンド・ガラヴァーニ！　大富豪《だいふごう》で実業家でこれだけのハンサム！　まさに王子様！」

　どうやら彼女はガラヴァーニのファンらしく、両手を胸の前で組んで叫ぶ。

　写っているのはいかにも高そうなダークスーツを着た、モデルのような美形だった。額に落ちかかった黒髪と黒い瞳、余裕のある笑みを浮《う》かべたところが……同じ男として嫉妬《しっと》してしまいそうなほどセクシーに見える。

……たしかにものすごい美形だ。

「写真に写る時、ガラヴァーニ氏はいつも鮎川くんの隣《となり》にいるの！　なんだかちょっと彼を守るナイトみたいに見えない？　この二人がカップルだったら素敵《すてき》だわぁ」

彼女はうっとりした顔で言う。

「ただの偶然《ぐうぜん》じゃないですか？　最近の女性はすぐにそんなこと言うけど、男同士でカップルになるなんて普通《ふつう》はあり得ないですよ」

小川が可笑《おか》しそうに言う。それからオレを横目で見ながら、ふいに頬《ほお》を染める。

「いや……あの……もちろん安藤さんとならカップルになりたいんですけど」

「本当にうるさい口だな。殴《なぐ》っていいか？」

オレが言うと、小川はやたらと嬉しそうに、

「一回くらいならいいです。あ、できれば平手で」

「小川、やめなさいよ！　あんたみたいなただの若造じゃ、安藤くんみたいなとびきりの美人には役者不足！　安藤くんにはガラヴァーニみたいなものすごい美形が似合うと思うの！」

彼女はうっとりとして誌面に視線を戻《もど》し、ほう、とため息をつく。

「ああ、彼らが並んだところを見るだけで……幸せな気分になるわ！」

「やっぱり『リストランテ・ラ・ベランダ・ミラノ』はものすごいね。あの特集の購買層《こうばいそう》は女性が多くて、人気ファッション並に売れてると前に営業から聞いたことがある」

編集長の言葉を聞きながら、オレはあることを思い出していた。

……そういえば、あいつは今『リストランテ・ラ・ベランダ・ミラノ』でパティシエの修業をしているはずだ。

……あいつ、こんな一流店で本当にちゃんとやっていけてるんだろうか？

オレの心がズキリと痛む。

……あんな事件さえなければ、あいつをそばで見守り、あいつが落ち込んだりした時には励《はげ》ましてやることだってできただろうに。

「あ、そうだわ！」

神田さんが何かを思い出したように言って、編集長の手から雑誌を奪《うば》う。ページをめくって隅々《すみずみ》までを眺《なが》め回し、ため息をつく。

「あら、載《の》ってないわ。残念～」

「もっとほかにお目当ての人がいるんですか？」

小川の言葉に、さらにしつこく特集を見返していた神田さんがうなずく。

「そうなのよ。『リストランテ・ラ・ベランダ』ファンの知り合いが、ついこの間ミラノ店でとんでもない美形の厨房スタッフを見たって言ってたの。今までいたスタッフの顔はグラビアで知っているから、多分、新しく入ったスー・パティシエじゃないかって」

その言葉に、オレの心臓が、ドクン、と跳《は》ね上がる。

……『リストランテ・ラ・ベランダ・ミラノ』のスー・パティシエ……？

……あいつのことか？

六年前に会ったきりの、あいつの顔が脳裏《のうり》をよぎる。

……たしかにあいつは整った顔をしていた。でも、大型犬の子犬みたいなあいつのあけっぴろげな笑顔は、『すごい美形』なんて形容にはあてはまらない気がする。どっちかっていうと『可愛《かわい》い』とか『母性本能をくすぐられる』とか……。

ベテランの千野さんが、ハッとしたようにオレの顔を見て、

「そういえば、昌人くんの幼馴染、あそこのスー・パティシエになったんだよね？　この間の飲み会の時、そう言ってただろ？」

千野さんの言葉に、ほかの三人がいきなり振《ふ》り返る。

……くそ、酔《よ》った勢いでつい言ってしまったのか！　秘密にしておこうと思ったのに！

「いや……言ったこと、覚えてないんですが……」

「『リストランテ・ラ・ベランダ・ミラノ』のスー・パティシエが幼馴染。イエスかノーか、それだけ聞かせろ」

編集長の言葉に、オレは観念して嫌々《いやいや》答える。

「……イエス」

神田さんが目をキラキラさせながら身を乗り出して言う。

「ねえねえ、どんな人？　そんなにものすごい美形？」

「新しいスー・パティシエといっても一人かどうかわかりませんよ。それにオレが最後に会ったのはヤツがまだ十六の時。もう六年も会ってないし、どう育ったかなんてわからないし」

オレは言いながら、内心深いため息をつく。

……そして、今後も、会うことはできないんだろうか？

思うと、また胸がズキリと痛んだ。

……あいつはとてもしっかりしているようで、けっこう寂《さび》しがり屋で甘えたがりだった。

……本当なら、今だってあいつのそばにいてやりたいのに……。

ガチャ！

編集室のドアがいきなり外から開けられ、オレたちは一斉《いっせい》に振り返る。

「大変なことになった」

そこに立っていたのは『ＭＤ』の編集部が所属する第一編集部の永田《ながた》部長だった。元は『ＭＤ』の編集長だったこともあり、この編集部のことを裏で支えてくれている人だ。いつも穏和な彼が、なぜか今は慌《あわ》て、青ざめている。

「どうなさいました、永田部長？」

柴田編集長が聞くと、彼は苦しげな声で、

「『ＭＤ』を廃刊《はいかん》にしたらどうか、という意見が、今日の取締役《とりしまりやく》会議で出た」

「……えっ？」

その衝撃的《しょうげき》な言葉に、オレたちは愕然《がくぜん》とする。

「どうしてそんな……？」

オレがかすれた声で言うと、彼は、

「……言いづらいんだが……たしかに『ＭＤ』は右肩下《みぎかた》がりに実売数が落ちている」

その言葉に、オレと編集長は顔を見合わせる。

それはもちろんよく解《わか》っていた。そしてこの状況《じょうきょう》でも売れている雑誌がある限り、「景気が悪いから」なんていいわけは通用しないことも。

「それはオレたちも身に染《し》みてます。だから売り上げを伸《の》ばすためにいろいろな企画《きかく》を……」

「それは私もよくわかっている。今でも『ＭＤ』の内容は濃《こ》いし、企画は面白《おもしろ》い。料理業界でも一目置かれる存在だ。だが……」

俺の言葉に、彼は深いため息をついて言う。

「最近、第二編集部の『くいだおれマガジン』が実売数を一気に増やしている。レポーターにお笑いタレントを起用したり、ゲテモノに近いＢ級グルメの店を取り上げて話題性を狙《ねら》ったりという手を使ってね」

オレは、あの雑誌の内容を思い出して思わず眉《まゆ》を寄せる。

「『くいだおれマガジン』、今回もひどい特集でしたよねえ」

同じことを思い出したらしい小川がうんざりと言い、神田さんが怒《おこ》った顔でうなずく。

「話題性はあったけれど、店主をバカにするような記事を書いたり、全然お客が入らない店にサクラを入れてさも混雑店みたいに装《よそお》ったり……あんなやり方には、賛成できないわ」

「だが、『くいだおれマガジン』と写真週刊誌『ソフトフォーカス』の売り上げが上がっているせいで、第二編集部の発言権が最近とみに大きくて……」

永田部長は手近な椅子《いす》に座り、疲《つか》れた仕草でこめかみを揉《も》む。

「もともとうちの会社の第一編集部と第二編集部には確執《かくしつ》がある。こちらは高級志向、あちらは大衆志向ということで、あちらには妙《みょう》なコンプレックスもあるようだし。第二編集部の米原《よねはら》部長はここで一気に『MD』を潰《つぶ》しにかかろうとしているんだ」

「ひどいわ！　まあ、たしかに社内での第二編集部の扱《あつか》いはもともとよくなかったけど」

「それは自業自得《じごう》でしょう。『ソフトフォーカス』なんてやらせギリギリの記事が多かったし、反感かっても仕方ないですよ」

小川と神田さんの言葉に、永田部長はため息をついて、

「部数の多い編集部が力を持つのは当然のことだ。第一編集部全体の売り上げが落ちたことで、ここのところ取締役からの圧力もひどくなってきていた。今日の会議では、ついに社長の口からも『MD』を廃刊にしたらどうなる、という発言が出た。決定ではないけれど」

「……廃刊……」

その言葉にオレは思わず青ざめる。

小さめの新興出版社では力関係は少し違《ちが》うかもしれないが……老舗《しにせ》の出版社であるうちの会社では社長の権限は絶対だ。彼が「廃刊」と一言言ったらオレたちが意見を言う隙《すき》などない。あっという間に我が『MD』はこの世からなくなるだろう。

「だが、一つ素晴《すば》らしい情報があるんだ」

永田部長は身を乗り出し、それからまたため息をつく。

「いや……もしかしたら無理かもしれないが、というか成功する可能性はゼロに近いかな」

「いったいなんなんですか？　はっきり言ってください」

オレが言うと、部長は覚悟《かくご》を決めたような顔で、

「実は……社長が個人的に『リストランテ・ラ・ベランダ・ミラノ』という店のファンらしいんだ。どうやらはるか昔、新婚《しんこん》旅行でミラノに行った時に寄って、その時の味が忘れられないって。しかも今回『リストランテ・ラ・ベランダ・ミラノ』の特集を組んだ『ラ・グルマンティーヌ』の売り上げが爆発《ばくはつ》的に伸びたことも知っていた」

オレの心に、何か嫌《いや》な予感がよぎった。

「社長自ら『リストランテ・ラ・ベランダ・ミラノ』の特集を組め、あそこを載せられるのなら売り上げも見込めるだろうし、廃刊にはしない、と言いだしたんだ。だが……あの店の取材許可を得るなんて国内誌しか作っていないうちの会社の雑誌では、まず絶対に無理だ」

「いえ。我々には切り札があります」

編集長が自信満々の声で言い、オレはギクリとする。

「うちの安藤の幼馴染が、『リストランテ・ラ・ベランダ・ミラノ』でスー・パティシエをしているらしいんです。そのコネを使って取材許可をもらいます」

「ちょっと待ってください、オレは……」

「行ってくれ、安藤」

編集長の声は切羽詰《せっぱつ》まっていて……オレはもう逃《に》げられない状況にあることを悟《さと》る。

「『リストランテ・ラ・ベランダ・ミラノ』の取材記事がとれなければ、我が『MD』は廃刊だ。どんな手を使ってでも、あの店の取材をし、取材許可を取ってこい」

……ああ、大変なことになってしまった……。

＊

「昌人がミラノを訪ねてくれるなんて。しかも俺に連絡《れんらく》をくれたなんて」

翔一郎は手慣れた仕草で運転をしながら、感激したように言う。

「俺、なんだか今でも信じられない」

昔と同じ無邪気《むじゃき》な口調。オレを信頼《しんらい》しきったようなその視線。

……なんだか、意味もなく胸が痛むんですけど。

彼は、オレが自分に会いに来たと思い込んでるみたいだけど……本当は違う。オレは今回、取材許可を得るという使命を帯びているから、このミラノまで来ただけなんだ。

……編集部の存続がかかっているんだから、躊躇《ちゅうちょ》している場合じゃないだろう。

オレは、自分を叱《しか》りつける。

……仕事のためなら幼馴染も騙《だま》す。それがプロってもんだろ？

「ええと……」

翔一郎が言い、声がかすれていたことに気づいて咳払《せきばら》いをする。

「俺の部屋に泊《と》まるんだよね？　ちゃんと掃除《そうじ》もしてあるから」

妙に緊張《きんちょう》したような早口で言い……オレまでなぜか緊張してしまう。

……くそ、小さい頃《ころ》は一緒《いっしょ》に寝《ね》るどころか、毎晩のように一緒に風呂《ふろ》に入ってた仲なのに！

……なんでこんなに緊張するんだよ、オレ？

「泊まらねぇよ。ホテルを取ってあるからそこまで送ってくれ」

オレが言うと、翔一郎は驚《おどろ》いた声で、

「ホテル？　なんでそんな水臭《みずくさ》いこと……宿泊費《しゅくはくひ》だってバカにならないだろ？」

その言葉に、オレはギクリとする。廃刊寸前の雑誌のために、会社はほとんど取材費を出してくれなかった。編集長がなんとか頼《たの》み込んでくれたけど、そのわずかなお金は飛行機の激安チケットに消えた。だからミラノでの宿泊費は、もう自腹を切るしかなくて……。

……社会人になってまで、貯金を切り崩《くず》すなんて。

オレは悲しくなるけれど、もちろん翔一郎にそんなことを言うわけにはいかない。

……あんまり深い事情を話して警戒《けいかい》されたら、あとの取材がやりづらくなりそうだし。

「宿泊費は会社持ちだよ。でも、男なんだから安いホテルでいいんだよ」

「安いホテル？」

翔一郎はその言葉に妙に過敏《かびん》に反応する。

「どこの、なんてホテル？」

「ああ？　どこでもいいだろ？　近くに行ったら適当に降ろしてもらえれば……」

「ダメだよ！　教えてくれないと送らないよ？」

「うるさいなあ……ちょっと待ってろ。ええと……」

オレはエディターズバッグの中からスケジュール帳を取り出す。そしてページを開いてホテルの名前と場所を読み上げる。

「ダメだ、そのホテル」

翔一郎は難しい顔になって、いきなり言う。

「あの辺りは治安がよくない。昌人みたいな美人が一人で泊まるなんて絶対ダメだ」

「なんだよ、それ？　おまえ、このオレに指図する気か……うわっ！」

キキイッ！

いきなり彼がブレーキを踏《ふ》み、オレはつんのめりそうになる。

「なんのつもりだっ！　ちゃんと運転しろよっ！」

「そのホテルの電話番号を教えて」

路肩《ろかた》に車を停《と》めた翔一郎が、ポケットから携帯《けいたい》電話を出しながら、オレに手を差し出す。

「何する気だよ？」

「部屋に専用の風呂があるかを、ちゃんと確認《かくにん》する」

「ホテルだぞ？　風呂がないわけないだろ？」

「いいから」

言われて、オレはしぶしぶ翔一郎の手にスケジュール帳を渡《わた》す。翔一郎はそれを見ながら、電話をかけ、早口のイタリア語でしゃべりだす。

……うわ、ものすごい流暢《りゅうちょう》なイタリア語！　聞き取れない！

イタリアでレストランの取材をし、一冊の本にまとめるのが夢だったオレは、会社のそばのイタリア語教室に通っていた。かなりイケるんじゃないかと思ってたんだけど……。

……ネイティヴ・スピーカーには、全然かなわない！　この翔一郎に負けるのは、けっこう悔《くや》しいけど！

オレは、早口で話し続ける翔一郎を横目で見ながら思う。

……しかし……それにしても、本当に大人っぽくなったよなあ……。

彼の凜々《りり》しい横顔は、やっぱり見とれずにはいられない。

完璧《かんぺき》なラインの横顔、奥二重《おくぶたえ》の目、そしてセクシーな長い睫毛《まつげ》。彼は、客観的に見ても、主観的に見ても、やっぱり見とれるようなハンサムだ。

流れるように流暢なイタリア語を話すその声は、心を揺《ゆ》さぶるような低い美声。

携帯電話を支えるのは、滑《なめ》らかな肌《はだ》を持ち、指のすらりと長い……とても美しい手。

……ヤバい、本当に、めちゃくちゃ好みかも。

彼の顔から無理やり視線を引き剝《は》がしながら思う。

……だけど、いくらものすごい美形で好みだからって、相手はあの翔一郎だぞ？

そう言い聞かせるのに、なぜかオレの鼓動《こどう》は早鐘《はやがね》のようで。

「ホテルの予約、キャンセルしたから」

電話を切りながら、翔一郎が言う。オレは一瞬《いっしゅん》何を言われたのか解らずに呆然《ぼうぜん》とし……。

「な、なんでそんな……！」

「専用のお風呂なんかもちろんなかった。シャワーはほかの野郎《やろう》たちと共同で、時間制限あり。夜の数時間しかお湯は出ないよ。そんなの耐《た》えられないでしょう？」

きっぱりと言われて、オレは言葉に詰《つ》まる。たしかにオレはわりと清潔好きな方で、朝晩の風呂は欠かせない。しかもシャワーよりは熱い湯船に浸《つ》かるのが極楽《ごくらく》、っていう江戸《えど》っ子タイプで……。だけど……。

「なんでおまえが断るんだよ？　行ってから断ってもよかったし！　年下のくせにオレを子供扱《あつか》いする気かっ？」

オレの剣幕《けんまく》に驚いた顔をする翔一郎は、昔の彼を彷彿《ほうふつ》とさせた。だから、大人げないと思いながらもますます止まらなくなってしまう。

「なんなんだよ？　ちょっとくらいイタリア語ができるからって……っ！」

「昌人のイタリア語は正確だし、発音はすごく綺麗《きれい》だ」

オレの言葉を、翔一郎がいきなり低い声で遮《さえぎ》った。

「さっき空港で話した時、聞き惚《ほ》れたよ」

言いながら、その黒曜石のような瞳《ひとみ》で覗《のぞ》き込まれて……オレの鼓動が速くなる。

「……な……」

言い返さなきゃ、と思うのに、言葉が出ない。

「それに、俺があのホテルをキャンセルしたのにはもう一つ理由があるんだ。あのホテルはゲイのハッテン場として有名で……あ、ハッテン場なんて言ってもわからないよね。ゲイの人が相手を探す場所のことらしい」

……二丁目で鳴らしたオレが、ハッテン場の意味を知らないわけがないだろうが！

オレは心の中で突《つ》っ込むけれど、とりあえず言わないでおく。

「だから、昌人みたいな美人が行くのはとても危ないんだ」

翔一郎の目が妙《みょう》に真剣《しんけん》で、オレはなんだか複雑な気分になる。

……こいつの中でオレがどんなキャラに設定されているのかは解《わか》らないけど……オレにとってハッテン場で男に口説かれるなんて日常茶飯事《さはんじ》。それどころか、行きずりの男の誘《さそ》いにだって乗るし、セックスはとりあえず未経験だけど、キスくらいは許すようなヤツだし……。

翔一郎の真《ま》っ直《す》ぐな瞳で見つめられていると……なんだか自分がとても薄汚《うすよご》れているような気がしてくる。

「なんだよ、それ？」

自己嫌悪《けんお》に陥《おちい》りそうになったオレは、笑いながら言ってしまう。

「オレがゲイの男に口説かれるのは、嫌《いや》か？」

翔一郎の大きな手が、いきなりオレの両肩《りょうかた》を強く摑《つか》む。

「なんだよっ？　痛いから……」

「六年前に言っただろ？　俺は、あなたのことが好きなんだよ」

苦しげな声で言われて、オレは呆然とする。

「好きな人がほかの男に口説かれるのなんか、嫌に決まってる」

オレを見つめるのは、宝石みたいに煌《きら》めく漆黒《しっこく》の瞳。男っぽくて妙にセクシーな彼の唇《くちびる》は、ちょっと近づけば触《ふ》れ合いそうなくらいのところにあって……。

オレの心臓が、ドクンと跳《は》ね上がる。

「は、離《はな》せよ……っ」

「離さないよ。ちゃんと聞いて」

小さな頃《ころ》、オレの手をいつもキュッと握《にぎ》ってきた翔一郎の手は、小さくて、まるで紅葉饅《もみじまん》頭《じゅう》みたいにぷくぷくしていた。だけど今の彼の手はオレのそれよりもずっと大きくて、そして押さえられたら身動きできないほどに力強くて。

「しかもあそこは治安も悪い。シャワー中や寝《ね》ている時に危険な目に遭《あ》うかもしれないのに、そんなの放《ほう》っておけるわけがないだろう？」

とても心配そうな声で言われて、オレの鼓動がどんどん速くなる。

「なんだよ、その恋人《こいびと》気取りの言葉は？」

オレは自分のドキドキを必死で隠《かく》そうとしながら、翔一郎を睨《にら》み付ける。

「オレは、自分の所有物みたいに扱われるのは、めちゃくちゃ嫌《きら》いなんだよ」

今、自分の肩を掴んでいるのが二丁目にたくさんいた遊び相手だったとしたら、オレはこんな言葉は一言も許さなかったはずだ。「恋人ヅラするな」と言って頬《ほお》をひっぱたき、そのまま冷たくフッてやったはず。同じようなことは、もう数え切れないほどあったから。

「たしかにまだ恋人じゃない。でも俺はあなたが好きだ。好きな人が危険な目に遭うのを防ぐのは当然のことだろう？　何がいけないの？」

真剣な目で言い返されて、オレはもう抵抗《ていこう》できなくなる。

……くそ、なんて目をするんだよ？　断れないじゃないか！

「わかったよ。おまえの部屋に泊《と》まる。その代わり、ソファには寝ないからな」

オレが言うと、翔一郎は大型犬みたいな人懐《ひとなつ》こい表情で、満面に笑《え》みを浮《う》かべる。

「うん、もちろんベッドに寝てもらうから」

……くそ、見とれるようなハンサムなくせに……。

オレは頬が熱くなるのを感じながら、翔一郎から目をそらす。

……笑うとめちゃくちゃ可愛《かわい》いじゃないか。

……しかし、いつの間にこんなに強引《ごういん》になったんだ、こいつ？

車は三十分ほど走り、ミラノの中心地に入った。

緑豊かなセンピオーネ公園の奥には、煉瓦《れんが》色《いろ》の壁《かべ》と可愛らしい時計塔《とう》を持つスフォルツェスコ城がそびえている。

スカラ座とバンカ・コマーシャレ・イタリアに挟《はさ》まれた、町の中心スカラ広場には、ダ・ヴィンチと四人の弟子《でし》の銅像。

そこを通り過ぎると、壮麗《そうれい》なガラスのドームとガラス張りのアーケードを持つショッピングモール、ガッレリア・ヴィットリオ・エマヌエーレII。

そして車は、両側に超《ちょう》高級ブティックが並ぶモンテ・ナポレオーネ通りを抜《ぬ》ける。

通りの右側に見えた大理石張りの建物を見て、オレの心臓がドクンと跳ね上がった。

……あれは……。

深紅《しんく》の絨毯《じゅうたん》の敷《し》かれた階段を持ち、両側にドアマンを立たせたその豪奢《ごうしゃ》な店こそ、オレが取材を切望しているあの『リストランテ・ラ・ベランダ・ミラノ』だった。

……写真では見たことがあったけれど……。

オレは鼓動が速くなるのを感じながら思う。

……実物は、想像以上にリッチだ。あんな超一流店で本当に取材なんかできるんだろうか？

「さっき通ったのが、俺が働いている店だよ。赤い絨毯のあるところ。見た？」

「ちらっとな。綺麗な店じゃないか」

翔一郎が呑気《のんき》な声で言うのに、オレは平然とした様子を装《よそお》って答える。そしてそっと彼の横顔を盗《ぬす》み見る。

……こいつは、あの店の厨房で、超一流のメンバーと一緒《いっしょ》に働いているんだよな。

慣れた様子で一流の車を運転する彼は、どこからどう見ても立派な大人の男。そして道で出会ったら誰《だれ》もが振《ふ》り返る……いや、あまりにも完璧すぎて気後《きおく》れしてしまいそうな美形。しかも世界的に有名な超一流レストランで働く、新進気鋭《きえい》のスー・パティシエ。

そしてオレは、もちろん仕事に誇《ほこ》りは持っているけれど、廃刊《はいかん》寸前の雑誌の編集者。

……翔一郎は、もうオレの弟代わりじゃない。遠い存在に感じても仕方ないじゃないか。

それは、彼を拒絶《きょぜつ》した時にオレが選択《せんたく》した道だ。

……なのに、どうしてこんなに寂《さび》しい気がするんだろう……？

車は『リストランテ・ラ・ベランダ・ミラノ』からほんの十分ほどしか離れていない場所にある、瀟洒《しょうしゃ》な門の前で停《と》まった。

門の向こうには、噴水《ふんすい》のある緑豊かな中庭。歴史のありそうな建物がそれを囲んで建っている。門と同じデザインの外階段があって玄関《げんかん》ドアがいくつもあるところをみると、これは個人の邸宅《ていたく》ではなくて集合住宅だろう。雰囲気《ふんいき》があってめちゃくちゃリッチな感じだけど。

……なんで、こんなところで停まるんだ？

翔一郎がダッシュボードを開き、中から銀色に光る小さなリモコンを取り出してボタンを押す。それに反応して門がゆっくりと開き、車を招き入れる。

石でできた門柱の上に監視《かんし》カメラが光っている。目立たない場所に警備員がいて、翔一郎ににこやかに会釈《えしゃく》をする。海外でこんなふうにセキュリティーのしっかりした場所は、とても家賃が高いはず。しかも、ここはミラノの超一等地だ。

「まさか、こんなところに住んでるとか言わないだろうな？」

オレは怯《おび》えながら言い、あ、そうか、と思う。

「わかった。オーナーに車を返しに来たんだな？　それなら納得《なっとく》……」

「店に近くて便利だからオーナーも気に入ってるみたいだけど、彼は郊外《こうがい》に広大なお屋敷《やしき》を持ってる。ここには住んでいないけれどね」

車はゆっくりと中庭の石畳《いしだたみ》の上を走る。翔一郎が車を停め、またリモコンを操作すると、建物の一階に設置されていた大きな木の扉《とびら》が上に向けて開いた。

「うわっ！」

中は広いガレージになっていて、とんでもない高価な車がずらりと並んでいた。

「フェラーリ560GTBフィオラーノ。613スカリエッティ。F420スパイダー。さらにポルシェ911タルガ5Sと、メルセデス・ベンツSLRマクラーレンまである。一台四、五千万はする車ばっかりじゃないか！　なんなんだこのガレージは？」

「オーナーの趣味《しゅみ》。でもこれを全部お屋敷に置いておくと恋人に『成金っぽい！』って怒《おこ》られるからこっちに隠してあるんだって。好きに使っていいって言われてる」

……こんなとんでもないものを、好きに使っていい……？

オレが呆然《ぼうぜん》としている間に、翔一郎は、滑《なめ》らかに車をバックさせる。

シートに肘《ひじ》をかけるようにして後ろを向き、片手だけで巧《たく》みにハンドルを操《あやつ》るところは……やたら大人っぽくて。

……くそ、昔はオレの自転車の後ろに乗ってしがみついてたくせに！

彼は一度も切り返さずに車を完璧《かんぺき》な位置に停車させ、前を向きざまにオレの顔を見る。

「あれって本当かな？」

彼の瞳《ひとみ》が真《ま》っ直《す》ぐにオレを見つめ、彼の低い声が車の中に響《ひび》く。

「バックが上手な男はモテるっていうの」

「バックが？」

……バックといえばセックスの時に後ろからする体位のことのはず。たしかにゲイバーにいたコたちは『バックが感じる』とか『バックが上手な男はステキ』ってよく言ってた。

オレは、翔一郎の口から出たとんでもない言葉に反応して驚《おどろ》いてしまう。

……こいつ、なんでそんな専門的なことを知ってるんだ？

オレは翔一郎の顔を見つめたままで呆然とする。

……もしかして、こいつも本物のゲイか？

スーツの上から見ても完璧なスタイルの翔一郎が、服を脱《ぬ》ぐところを想像してしまいそうになり、オレは慌《あわ》ててそれを打ち消す。

……想像するなよ、オレ！

だけど、この逞《たくま》しい腕《うで》に後ろから抱《だ》きしめられたら、という想像がよぎってしまい……鼓動《こどう》が壊《こわ》れそうに速くなる。

……くそお、こいつが脱いだら絶対に格好いいだろうし、こんな逞しい腕に抱きしめられたら絶対に心地《ここち》いいに決まってる！

……だけどこいつは、あの翔一郎なんだぞ？

「どうしてそんなに驚くの？　俺の運転、下手だった？」

翔一郎が、不思議そうに聞く。そこでオレは初めて、彼が車の運転の話をしていることに気づいた。

……バックって、そういうことかよ？

オレはため息をつき、がっくりと肩《かた》を落とす。

……オレ、汚《よご》れすぎ。しかもこいつを意識しすぎだ。

「おまえの運転は文句なしに上手だよ。もちろんバックもな」

オレはため息をつきながら、

「それよりさっさと車を返しておまえん家《ち》に行こうぜ。こんな豪華《ごうか》なところ落ち着かない」

「俺、ここに住んでるんだけど」

その言葉にオレはものすごく驚いてしまう。

「ここに住んでるだと？」

「住んでるよ。あの棟《とう》の一番上に部屋を借りてる」

翔一郎が指さしたのは、正面にある棟だった。いかにもリッチな雰囲気に腰《こし》が引ける。

「オレ、やっぱり別の安ホテルを探そうかな？」

「そんなことは許さないよ。……車から降りて。部屋に行こう」

翔一郎は車から降り、オレの荷物を車のトランクから出す。車を降りたオレの手からエディターズバッグを取り上げ、両手に荷物を提《さ》げてそのまま一番奥の建物に向かう。

彼に続いて瀟洒な外階段を上がり、最上階にある大きなドアの前で立ち止まる。

翔一郎が鍵《かぎ》をポケットから出している間に、オレは左右を見回す。左右のドアは遥《はる》か遠くに離《はな》れていて……翔一郎の部屋がどんなに広いかが想像できた。

……まったく、なんてところに住んでるんだ、こいつは？

「どうぞ」

鍵を開けた翔一郎が、ドアを大きく開いてくれる。

「おじゃましま……うわ！　広い！」

玄関に入ったオレは思わず声を上げてしまう。やたら広い玄関は白い大理石張り。正面にはそのまま広い廊下《ろうか》が続いている。

「段差はないけどいちおう靴《くつ》は脱ぐようにしてる。その方が落ち着くでしょう？」

彼は言ってシックな織り模様の玄関マットの前で革靴《かわぐつ》を脱ぐ。オレもそれを真似《まね》してそこで靴を脱いだ。彼のイタリア製らしい美しいブラウンの靴と、オレの履《は》き古した安物の合皮の靴が対照的で、コンプレックスに陥《おちい》りそうだ。

「どうぞ、入って」

翔一郎が言いながら、荷物を持ってさっさと部屋に入っていく。オレは恐る恐る彼の後に続き……。

「うわ」

正面にあった両開きのドアを、翔一郎が大きく開いた。

そこは四十畳《じょう》はありそうなとんでもない大空間だった。白い大理石の床《ゆか》の上にアンティークらしいシックな家具が配置されている。飴色《あめいろ》の肘掛《ひじか》けのついた黒革のソファ、同じ飴色のサイドテーブル。クリスタルの脚部《きゃくぶ》と黒い笠《かさ》を持つ有名な作家物のスタンド。まるでそこは超《ちょう》高級ホテルのロビーみたいで……。

「おまえって、こんなすごいインテリアの趣味、あった？」

彼の実家は、小さな洋菓子《ようがし》店を開いていた。その二階にあった彼の部屋は和室の六畳間。綺《き》麗《れい》好きでいつも片づいていたけれど、シンプルな木の机と椅子《いす》、ベッドと本棚《ほんだな》……というごくごく平均的な日本の子供部屋って感じだった。

オレが言うと、彼は笑って、

「俺の趣味とはちょっと違《ちが》う。ここは家具付きの物件なんだ」

「セキュリティーもしっかりしてるし、こんなにリッチでお洒落《しゃれ》。家賃の高いミラノでこんな場所に住めるなんてどういうことだ？」

「だから。ここは『リストランテ・ラ・ベランダ』のオーナーの持ち物で、お金のない新米スー・パティシエである俺にタダで貸してくれてるんだ。あ、ほかの部屋の住人は店とは関係ない人たちだから、ヘンに気を遣《つか》わなくて大丈夫《だいじょうぶ》だからね」

オレは、その破格の待遇《たいぐう》にため息をつく。

……やっぱり、一流店で才能を認められ、雇《やと》われるっていうのは本当にすごいことなんだ。

「ミラノにいる間、ここにいて欲しい。ホテルに行くなんて言わないで。いいね？」

やたら深刻な声で言われて、気圧《けお》されたオレは思わずうなずいてしまう。

「よかった」

翔一郎は言い、ふいに手を伸《の》ばしてオレの二の腕を摑《つか》み、そっと引き寄せた。

「……あっ！」

彼の腕が、そのまましっかりとオレを抱きしめる。

……うわ……！

逞しい腕にキュッと甘く締《し》め上げられ、頬《ほお》がしっかりした肩の辺りに押し付けられ……心臓が止まりそうになる。

……ヤバい、想像したよりずっといい……。

二丁目で遊んでいたオレは、男に抱きしめられた経験くらいはもちろんある。だけど相手がどんなに美形でも、いつも相手の生々しい体温とか男っぽい体臭《たいしゅう》とかがものすごく嫌《いや》だった。だから嫌悪感《けんおかん》にかられて、間髪《かんはつ》いれずに突《つ》き飛ばしていて。……なのに？

彼の広い胸はあたたかく、いい香《かお》りがする。頬が押し付けられたシャツは最高級の生地《きじ》らしい滑らかさで……オレの鼓動がどんどん速くなる。

……どうしよう？　振《ふ》りほどけない……。

今すぐに振りほどいて「何するんだよ？」と怒《おこ》ってみせなきゃいけないことは解《わか》ってる。だけどオレの身体《からだ》は「一秒でも長く抱きしめられていたい」って言ってるかのように痺《しび》れて、動けなくなってしまって……。

彼のあたたかな息が近づいて、髪にそっとキスをされたのが解る。

オレの心臓が跳《は》ね上がり、頬がカアッと熱くなる。

……くそお……あんなにチビだった翔一郎が、こんなところにキスできるくらいデカくなるなんて！

思いながらも、オレは身体が甘く震《ふる》えてくるのを感じていた。

……そして、なんで陶然《とうぜん》としちゃってるんだよ、オレ？

「……ってことは、あの時の返事がこれなんだよね？」

彼の甘い囁《ささや》きが、オレの髪を揺《ゆ》らす。

「あ、あの時の返事？」

その言葉に、オレはギクリとする。

「それは……」

「すごく嬉《うれ》しいよ。……それに俺、再会して再確認《さいかくにん》した」

「な、何をだよ？」

「俺、やっぱり今でも、昌人のことが本当に好きだ」

彼は、その端麗《たんれい》な顔でオレを見つめて言う。

「もちろん、俺は急がないから。あれから六年も経《た》ってる。嫌《きら》われてないだけで俺は嬉しい。少しずつもっと好きになってもらえたら、もっと嬉しいけど」

優《やさ》しい顔でにっこりと微笑《ほほえ》まれて、オレの頬が熱くなる。

……なんて顔で微笑むんだよ？

オレの胸の中に、暗雲のように罪悪感が広がってくる。

……ああ、やっぱりオレはここに来るべきじゃなかった……。

徳田翔一郎《とくだしょういちろう》

……俺の部屋に、昌人がいる……。

俺は、昨夜から冷蔵庫で寝《ね》かせてあったガレット生地《きじ》を取り出し、それを慎重《しんちょう》に鉄製のフライパンに流し込んでいく。ガレット生地というのは小麦粉ではなくソバ粉を使った塩味のクレープ生地のことで、ブルターニュ地方の名産。牛乳を使わずに、ソバ粉と水、塩、卵、辛口《からくち》のリンゴ酒であるシードルを加えてある。

これは俺が中学生の頃《ころ》に覚えたもので、昌人がとても気に入ってくれていたレシピだ。フライパンを回して生地が完璧《かんぺき》な薄《うす》さに伸びたことを確かめ、中火にしたコンロに戻《もど》す。

それから目を上げて、ダイニングにいる彼を見つめる。

……まるで、奇跡《きせき》みたいだ……。

まだ信じられない。信じられないほど、嬉しい。

空港の到着ロビーで彼を見つけた瞬間《しゅんかん》、俺は彼から視線をそらせなくなっていた。

……昌人は昔と変わらず、いや、昔よりもずっとずっと美しい……。

艶々《えんえん》と光を反射する、茶色の髪。

まるで彫刻《ちょうこく》のように完璧なラインを描《えが》く横顔。

ほっそりとした、白い首筋。

高貴な感じにスッと通った鼻筋。

クールな印象をわずかに裏切る、柔《やわ》らかそうな唇《くちびる》。

くっきりした二重瞼《ふたえまぶた》、反り返った長い睫毛《まつげ》。

そしてその下の、煌《きら》めく紅茶色の瞳《ひとみ》。

すらりとした身体を包んでいるのはごくシンプルな黒のボタンダウンシャツと、黒のスラックス。キャメル色の長いコートを無造作に羽織った様子は、そのすらりとしたスタイルの良さも手伝って、とても都会的でお洒落に見えた。

昔から本当に美しい人だったけど、彼は煌めくオーラを放っているように麗《うるわ》しかった。六年ぶりに会った彼がとても遠い存在に思えて……空港ロビーで、俺は呆然《ぼうぜん》と立ちすくんだ。そのせいで、声をかけるのが遅《おく》れてしまった。

行き交《か》う人々の中で、昌人の美しさは群を抜《ぬ》いていた。到着《とうちゃく》ロビーにいたイタリア男どもは待ち人のことなど忘れたように彼のことばかりを窺《うかが》い、そして彼が鞄《かばん》から旅行ガイドを取り出した途端《とたん》、案内をしようとスタートを切った。俺が素早《すばや》く歩み寄らなければ、彼はほかのイタリア男にさらわれてしまったかもしれない。

俺は緊張《きんちょう》したまま慌《あわ》てて彼に歩み寄ってしまい、そして緊張をごまかすために、大人ぶってイタリア語で声をかけた。彼は俺を眩《まぶ》しげに見上げ、そしてふわりと目を潤《うる》ませた。逢瀬《おうせ》をずっと待ち望んでいた相手に対してするようなその反応に、俺の心臓が跳ね上がった。だって、彼は今まで、俺をそんな顔で見上げてくれたことなんか一度もなかったから。俺は、その一瞬だけで、ここ数年間の苦労がすべて吹《ふ》き飛んだような気がした。

……でも……。

彼は、俺が誰《だれ》なのか本気で解らなかったみたいだった。そして俺が誰なのか解った途端《とたん》、昔と同じように、まるでダメな弟にでも対するかのような態度に戻った。

彼が俺に対してどういう印象を持っているのかが如実《にょじつ》に解り、そのことに俺は少なからず傷ついたけれど……。

俺はガレットの生地の端《はし》を返して焼き色を確認し、そしてため息をつく。

……いや、彼が俺に会いにここまで来てくれたことには変わりないじゃないか。

「ところで昌人、出版社に就職したんだっておばさんから聞いたよ。向陽社なんてすごい大企《だいき》業《ぎょう》じゃない。昌人はどんな本を作っているの？」

「え？　ええと……」

急な質問に驚《おどろ》いたのか、昌人は不自然に口ごもり、それから、

「どんなって……普通《ふつう》の文芸雑誌を作ってるよ？『小説　文芸潮流』とか……」

「昔から昌人は本を読むのが好きだったもんね。文章もとても上手だった。俺の読書感想文は全部昌人に書いてもらったっけ」

昔のことを思い出して、心が浮《う》き立つのを感じる。

「そういえば『リストランテ・ラ・ベランダ・ミラノ』のスー・シェフは、料理が上手なだけじゃなくて、文学も大好きな知的な人なんだ。しかもすごい美人で」

俺の言葉に、昌人はチラリと眉《まゆ》を上げてみせる。

「彼は日本からインターネットで本をたくさん取り寄せてるって聞いた。たしか『小説　文芸潮流』も読んでるはず。好きな雑誌の編集さんに会えたら、きっと喜ぶよ」

「なんだよ、おまえ、スー・シェフに惚《ほ》れてるのかよ？」

昌人は、なんだか妙《みょう》に意地の悪い口調で言う。

「え？」

目を上げると、昌人はなんだか複雑な顔をしていて……。

……もしかして、これって……？

「昌人、もしかして嫉妬《しっと》してくれたの？」

俺が聞くと、昌人はその白い頬《ほお》をカアッと赤くして、

「……なわけ、ねぇだろ！　さっさとガレット作れっ！」

俺は、もしも自分が犬だったらブンブンと尻尾《しっぽ》を振りたいような気分で、

「俺、めちゃくちゃ嬉しいよ。あ、言っておくけど、もちろん俺の心にいるのは昌人ただ一人だから……あつっ！」

気が散っていた俺は、指先でフライパンに触《さわ》ってしまった。

「くだらないことを言ってるからヤケドしたんだろ？　ちゃんと集中しろよ」

昌人が、怒《おこ》った声で言う。

「おまえプロの料理人だろ？　気ぃ散らしてどうすんだ？」

「わかった」

俺はため息をついて、ヒリヒリする指をかばいながらフライパンを振《ふ》る。後ろから冷蔵庫のドアを開閉する音がして、俺は驚いてそっちに目をやる。昌人がいつの間にか立ち上がり、冷《れい》凍庫《とうこ》からプラスティックの製氷皿を取り出していた。

「あ、ごめん。何か飲みたかった？　それならペリエが……」

「そうじゃねぇよ」

言いながら、空いている綺麗《きれい》なボウルに氷を三個ほど落とし込み、残りの氷を冷凍庫に戻してくる。彼がボウルに水を張ったのを見て、心臓がドクンと跳《は》ね上がる。

……これってもしかして……？

「ほら、貸せ」

昌人はシャツの袖《そで》の上から俺の手首を摑《つか》み、問答無用で俺の指先をボウルに浸《つ》けさせる。

「ええと、ヤケドをしたのは人差し指だけなんだけど？」

手のひら全部を浸けられて、氷水の冷たさに指先がジンジンしてくる。

「うるさいヤツだな」

昌人は言って俺の手を握《にぎ》り、今度は人差し指だけを伸ばさせてそれを氷水に浸ける。

彼の手のひらの感触《かんしょく》は、昔とまったく変わっていなかった。ひんやりとしていて、磁器みたいに滑《なめ》らか。だけどとても柔らかくて……。

彼は、黒のボタンダウンシャツのボタンを、くつろいだように二つ開いている。見下ろすと、彼の白いうなじが触《ふ》れられそうなほど近くにある。シャツの襟元《えりもと》から覗《のぞ》く鎖骨《さこつ》がまるで作り物のように美しくて、俺は触れてみたいという欲求を抑《おさ》えるために必死になる。

彼の髪《かみ》からは、レモンと上等のハチミツを混ぜたようなとても甘い香《かお》りがする。

そのクラクラするような芳《かんば》しい香りは、やっぱり昔と変わらない……昌人の香りだ。

「ほら、左手だけで作業できるだろ？　オレはめちゃくちゃ腹がへってる。ガレットを焦《こ》がしたら殺すぞ？」

昌人は俺の手を握りしめ、指先を氷水に沈《しず》めさせたままで言う。

「わかってる。俺はプロだし、ちゃんと完璧に仕上げるよ」

「それでいい」

彼の手の感触を妙に意識してしまいながら、俺はガレットの生地《きじ》の上に、小さく切っておいた最高級のグリュイエールチーズと、自家製のベーコンの細切りを散らす。それから縦割りにしたミニアスパラガスを並べ、その上に片手で卵を割り入れる。

……こうやっていると、あの頃《ころ》に戻《もど》ったみたいだ。

中学生だった俺が「将来はパティシエになりたい」という夢を話してから、昌人はずっと俺を応援《おうえん》し続けてくれていた。両親が寝《ね》静《しず》まった後、実家の洋菓子《ようがし》店の厨房《ちゅうぼう》で菓子《かし》作りの練習を続ける俺に、彼はいつも夜遅《おそ》くまで付き合ってくれていた。

照れ屋で、しかも押しつけがましいことが嫌《きら》いな彼は、もちろん隣《となり》に立って見守ったりはしなかった。「夜食代わりに試食してやるからさっさと作れ」って言いながら厨房の隅《すみ》のカウンターに教科書を広げて勉強をしていた。だけどきちんと見守ってくれている証拠《しょうこ》に、さりげなく「オーブンがまだあったまってないだろ？」とか「この間の手順と違《ちが》ってるぞ」とか注意してくれた。

そして俺がヤケドをした時には、いつもこうやって手を握って指を冷やしてくれたんだ。

最近では有名なパティシエも増えてきて、派手な職業だと思われるようになったけれど……パティシエというのはやっぱり地味な職人仕事。生地を正確に膨《ふく》らませたり、いい歯ごたえに仕上げたりするためには絶対に材料の分量や手順を間違ってはいけない。料理というよりは、どちらかと言えば科学の実験に近いような気がする。とても地味で孤独《こどく》な作業なんだ。

誰よりも綺麗で、誰よりも強い昌人は、物心ついた時から俺にとってずっと特別な存在だった。でも、彼が『綺麗で大好きなお兄ちゃん』から『愛する人』に変わったのは、二人きりで厨房で過ごしたあの頃のことだと思う。

ガレットの四隅《よすみ》を折り返し、卵が半熟になるように火加減を調整しながら、俺は今よりもさらに華奢《きゃしゃ》で儚《はかな》げだった当時の彼の横顔を思い出す。

……そういえばあの頃も、手を握られるとこんなふうにドキドキしていたな。

昌人はオレの手を握ったまま、フライパンの中身を見下ろす。

「チーズとベーコンと半熟卵のガレットか。美味《うま》そうだ。……そろそろいいかな？」

言いながら俺の手を自ら引き上げ、赤くなっていないことを確認《かくにん》して満足げにうなずく。

「いい香りを嗅《か》いだらお腹《なか》が空《す》いた。さっさと焼き上げろ」

言って、さっさとダイニングに戻っていく。

……本当に変わらない。

俺は、彼の手のひらの感触を心に刻みながら、そっとため息をつく。

……ちょっとツンとしたところも、でも本当はすごく優《やさ》しいところも。

俺はフライパンを揺《ゆ》らし、ガレットをそっと滑《すべ》らせて皿の上に移す。

少し濃《こ》いめの焼き色に香《こう》ばしく焼き上げたガレット。半分とろけたチーズ。プルプルの半熟に仕上がった卵が柔《やわ》らかく揺れて、俺は完璧《かんぺき》に彼好みのガレットが作れたことに満足する。

「できたよ」

テーブルに近寄りながら言うと、彼はキーを叩《たた》いていたラップトップコンピューターを脇《わき》にどけ、ここに置け、という仕草でテーブルを示す。俺はそこにガレットの皿を置き、

「感想をお願いします」

言いながら、彼のために買ってあったとっておきのフォークを差し出す。彼はそのフォークを見て少し驚《おどろ》いたように目を丸くする。

「シルバーのカトラリーか。贅沢《ぜいたく》になったたな。……これに見合わない味だったら怒るぞ」

言いながら、ガレットの折り畳《たた》まれた四隅をそっとフォークの背で撫《な》でる。

「うん。ガレットは、この端《はじ》っこがちょっとサクサクしてるところがいいんだよな」

言ってから、ふいに何かを思い出したように言う。

「あのさあ、ちょっと写真撮《と》っていいか？」

「……え？　どうして写真なんか？」

俺が驚いて言うと、彼は少しばつの悪そうな顔になって、

「いや、ダメならいいんだけど……ええと……記念？」

「記念？　もしかして再会できた記念？」

俺が言うと、彼は妙に動揺《どうよう》しながら、

「え？　ああ、まあそうかな？　再会できて最初に作ってもらったガレット……ってね」

「本当に？　俺との再会をそんなふうに思ってくれてるんだ？」

俺が感動してしまいながら言うと、彼はその柳眉《りゅうび》を吊《つ》り上げて、

「うるさいな。記念……っていうか取材だよ。編集者になったって言っただろ？」

「……あ」

その冷たい言葉に、俺はがっくりと肩《かた》を落とす。

「そうか。文芸雑誌の編集さんだから、小説のネタになるような物はみんな写真を撮って資料にするんだよね？」

「そうだよ。ガレットが冷める。写真をとっていいのか、悪いのか、はっきりしろよ」

喧嘩腰《けんかごし》で言う昌人の手には、すでにデジカメが握られている。

「いや……こんなものでよかったらいくらでも撮ってくれていいけど」

「それならそうと、さっさと言え」

昌人は言いながら、慣れた仕草でデジカメを操作して、写真を撮り始める。

「ちょっと暗い。フラッシュを焚《た》くと色が飛ぶから、電気点《つ》けてくれ」

夢中で写真を撮りながら、昌人が言う。俺は慌《あわ》てて部屋の隅に走り、ダイニングテーブルの上にさげてあるシャンデリアの明かりを点ける。

「ああ……いい感じだ。オッケー」

言いながら彼はガレットの写真をさらに撮り、それから満足げにうなずく。

「いいのが撮れた」

「作家さんに渡《わた》す取材写真って、そんなにアングルにこだわらなきゃならないもの？」

俺が言うと、彼はハッとして肩を震《ふる》わせ、また妙《みょう》に動揺して、

「そ、そうだよ、決まってるだろ？」

言いながら画像を保存し、デジカメの電源を切ってテーブルに置く。

「しまった、冷めたらいけないよな」

言いながらガレットの折り畳まれた部分を切り、最初にそこを口に運ぶ。俺は、自分が作ったガレットが彼の美しい唇《くちびる》の中に消えるのを見て……陶然《とうぜん》とした気分になる。

……彼がそばにいて、俺の作ったものを食べてくれる。

……なんて幸せな感覚なんだろう……？

俺は、ガレットをゆっくりと嚙《か》む彼の横顔を見つめる。

……昔なら、ここで「美味《おい》しい！」と言ってくれたところだけど……？

昌人はなんだか難しい顔をしたまま、今度はグリュイエールチーズの載《の》った部分をフォークで切る。そしてゆっくりと口に運ぶ。

「どう？」

緊張《きんちょう》に耐《た》えられなかった俺が聞くと、昌人は難しい顔をしたまま、

「ちょっと黙《だま》ってろ」

言って、それを口の中に入れ、味わうようにゆっくりと咀嚼《そしゃく》する。

「……うん……」

彼が何かを確認するように小さくうなずき、それから今度はベーコンとチーズが重なった部分を切り取って口に運ぶ。

それから今度は卵の黄身の表面をそっと割り、流れ出してきた卵黄をソースにして、ガレットを本格的に食べ始める。

深く考えるような彼の横顔を見て、俺はだんだんと不安になってくる。

東京の出版社に就職し、とてもお洒落《しゃれ》になった彼は、きっとたくさんの一流レストランで食事をしてきたのだろう。だからきっとあの頃よりもずっとずっと、舌が肥えているはず。

……一流店と言われる『リストランテ・ラ・ベランダ・ミラノ』のスー・パティシエになれて有頂天《うちょうてん》になっていたけれど、俺はまだまだ経験もなく、新米で。

……今の彼にとって、俺なんかが作るものは口に合わないだろうか？

「……美味い」

最後の一口までも食べ終えた彼が、ふいにぼそりと呟《つぶや》く。

「あの頃も美味いと思ったが、今のおまえの作るモノは、格がまったく違う。……ものすごく美味い」

彼の低い声で言われた言葉が、俺の胸にジワリと染《し》みてくる。

「本当に？」

「嘘《うそ》ついてどうするよ？」

彼は俺を睨《にら》み上げて、厳しい顔をしたまま言う。

「ガレット生地《きじ》も違《ちが》うし、使ってる素材も全然違う。何を使ってるんだ？」

「ガレットに使ったソバ粉は、市場で一番古い『パースタ』っていう粉屋で買ってる。一回分ずつその場でソバをひいてもらってるんだ。これも昨夜ひいてもらったばっかりだよ」

「ええと、ちょっと待て」

彼はエディターズバッグの中から分厚いスケジュール帳を出し、窺《うかが》うような上目遣《うわめづか》いになって言う。

「メモっていいか？」

「もしかしてそれも取材？　どんな作品のための取材をしているの？　こんなの役に立つ？」

俺がついつい聞いてしまうと、彼は驚いたような顔で一瞬《いっしゅん》黙《だま》る。それから、

「そんなの社外秘に決まってるだろ？　担当してる作品の内容をべらべらしゃべれるわけないだろうが！」

「ごめん、そうだよね」

俺は、いちいち動揺する彼の様子を少し不思議に思いながら……でも出版業界のことなんか解《わか》らないし、と自分を納得《なっとく》させる。

「そうしたらもう一度言うね。俺が粉を買ってるのは、ミラノの市場で一番古い『パースタ』

っていう粉屋。一回分ずつその場でソバの実をひいてもらうのがこつ」

「……だからあんなに香《かお》り高かったのか。しかもめちゃくちゃ香ばしくて、舌触《したざわ》りもよかった。なるほどね」

「それからグリュイエールチーズは、ミラノ郊外《こうがい》の『サルーテ』っていう店で買ってる。あそこはエミリア・ロマーナ州の農場から自家製のチーズを空輸してる。チーズの種類によっていろいろなんだけど、グリュイエールチーズなら、あそこで買う以上のものはミラノのどこでも手に入らない」

「……サルーテという店、エミリア・ロマーナ州から空輸、ミラノでは最高のグリュイエールチーズ……と」

昌人はスケジュール帳にファイルされているメモ用紙にとても細かい字で書き込んでいる。そのページには細かい字でびっしりと何かがメモされていた。いくつもの料理用語が書かれていることに気づいて、俺は驚いてしまう。

「編集さんって大変なんだ。料理を題材にした本の取材なんだね？　料理用語がたくさん」

俺が言うと、彼はスケジュール帳を両手で囲うようにして慌てて隠《かく》す。

「こら！　プライバシーの侵害《しんがい》だぞ！　覗《のぞ》くんじゃない！」

「あ、ごめん。ええと……アスパラガスと卵は、店に卵を卸《おろ》してくれている業者さんから分けてもらってる。もちろんお金は払《はら》ってるよ。ちょっと高いけどね」

「ベーコンはどこのだ？　燻煙《くんえん》の香りがものすごく芳《かんば》しくて、豚《ぶた》はナッツみたいな香《こう》ばしい味がした。めちゃくちゃ美味《うま》かった。あんなの食べたことがない」

「美味しかった？　本当に？　ありがとう」

俺は彼の評価が嬉《うれ》しくなってつい身を乗り出す。彼は不審《ふしん》げな顔をして、

「なんだよ？　まるでおまえが作ったみたいな……」

「あれ、俺が作ったんだ。ああ、もちろん肉は買ったものだけど。スペインから輸入した生のイベリコ豚で、売っているのは市場の『ラ・ポルコ』っていう店だよ」

「ちょっと待て。作ったってどういうことだ？」

「いらなくなった中華鍋《ちゅうかなべ》と網《あみ》、それに桜のチップがあれば自分で薫製《くんせい》が作れる。換気扇《かんきせん》をフル稼働《かどう》させせないといけないけどね」

俺は言いながらキッチンに入り、冷凍庫《れいとうこ》に冷凍してあったベーコンの塊《かたまり》をいくつか出す。

「イベリコ豚のロースを三日ほどタレにつけ込んでおいて、あとは二時間くらい桜のチップで燻煙する。わりと簡単なんだけど、ちゃんとベーコンの味がするでしょう？」

「あんな美味いもの、自分で作れるなんて」

昌人は、空の皿を見つめて陶然とした声で呟く。俺は照れてしまいながら言う。

「イベリコ豚ばっかりは買えないから、いつもは普通《ふつう》の豚だけど。今回は奮発してみた」

「おまえ、まだ新人だろ？　無理したんじゃないのか？」

昌人が少し心配そうに言う。

「たしかに俺は新米だからそんなに高い給料をもらっているわけじゃない。それも研究用の製《せい》菓《か》材料に消えるから、いつもお金がない。だけど、昌人が来るからね」

「もしかしてオレのために？」

「そうだよ？　だって昌人に食べてもらいたかったし」

俺がうなずくと、昌人はなんだか後ろめたそうな顔で俺から目をそらす。その、どこかつらそうな顔に、俺は不安を覚える。

「昌人。たまにそういう顔をするけど、それってどういう意味なのかな？　俺、鈍《にぶ》いから、はっきり言われないとわからないよ」

俺が呟くと、昌人は驚《おどろ》いたように目を見開いて俺を見つめる。それから、

「そういう顔ってなんだよ？　オレはいつもこんな顔だよ」

どこか投げやりな声で言う。

彼の何かを思い悩《なや》んでいるような様子に、俺までが複雑な気分になる。本当なら彼が来たことを心から喜んでもいいはずなのに。

……彼には、何か悩みでもあるんだろうか？

……俺が、彼の気持ちを少しでも軽くしてあげられたらいいんだけど。

「ええと……」

俺は無理やりに元気な声を出しながら、壁《かべ》の時計を見上げる。

「いけない。そろそろ行く準備をしないと」

「行くって、どこへ？」

「休暇《きゅうか》をもらえたのは昼間だけなんだ。だから俺はこれから店に行かなきゃ。……よかったら夜にでも、俺の働いている店に食事をしにこない？」

昌人は、とても驚いた顔で目を見開く。

「おまえの働いている、店？」

俺はうなずきながら、昌人の手に、準備してあったメモを握《にぎ》らせる。

「これ、俺の店の住所と地図。俺の携帯《けいたい》電話番号、それから店の電話番号もある」

「ちょっと待て。オレはまだ行くとは……」

「絶対に来て。『リストランテ・ラ・ベランダ・ミラノ』って店なんだ。あなたが来ること、ちゃんと言っておくから」

昌人は呆然《ぼうぜん》とした顔で俺を見つめ、それから手の中のメモを見下ろす。

……ああ、「うん」と言って欲しい。

……昌人が、俺が働いている店に来てくれたら……どんなに素敵《すてき》だろう？

「絶対に来て。『リストランテ・ラ・ベランダ・ミラノ』って店なんだ。あなたが来ること、ちゃんと言っておくから」

翔一郎の言葉に、オレは本気で驚いてしまう。

……まさか、こんなにうまくいくなんて！

「うちの店、本当ならランチもディナーも予約は二年先までいっぱいなんだけど。でも厨房《ちゅうぼう》スタッフの知り合いなら、予備の席を用意してもらえる」

翔一郎の言葉に、オレは驚いてしまう。

「ちょっと待て。そんなに先まで予約で埋《う》まってるのか？」

……予約がまったく取れないという評判は知っていたけれど、そんなに先までいっぱいだなんて。これじゃあコネでもなきゃ、取材どころか食事すらできない。

「そうだよ。シェフもサービスも一流だし、いちおう人気店なんだよね」

少し照れたように言う翔一郎を見ながら、オレは愕然《がくぜん》とする。

……こいつがいなきゃ、絶対に潜入《せんにゅう》は無理ってことか。

翔一郎に『リストランテ・ラ・ベランダ・ミラノ』に行きたいことをなんて切り出そう、と

オレはずっと考えていた。オレが「絶対に行きたい」と言えば翔一郎は嫌《いや》とは言えないだろう

けど……もしかして仕事の邪魔《じゃま》をしてしまうかも、せっかくあそこで働き始めた翔一郎に何か

迷惑《めいわく》をかけるかも、と思うと、言い出しづらかったんだ。

……でも、これってまさに、棚《たな》からぼた餅《もち》。

……こんなにうまくいっていいんだろうか？

「ええと……本当にいいのか？　おまえの職場だろ？」

「もちろんいいよ！　でも……到着《とうちゃく》したばかりでレストランに来るのは面倒《めんどう》？」

「いや、全然。おまえの仕事場をぜひ見てみたいから。あ、でも……」

オレは言いかけ、そこで『リストランテ・ラ・ベランダ・ミラノ』の料理の値段を思い出し

て躊躇《ちゅうちょ》する。

宿泊費《しゅくはくひ》が節約できるのは本当にありがたい。だけど、プライベートでも高級店にさんざん通

って散財していたオレの通帳には、あと十万円くらいの貯金しかない。そして『リストラン

テ・ラ・ベランダ・ミラノ』のディナーコースなら最低でも三万円はかかる。さらに高いワイ

ンを薦《すす》められたとしたら貯金の半分以上は吹《ふ》っ飛ぶだろう。

……もちろん取材のためなら一回は行って、きちんと味わわなくちゃ、と思う。

……だけど、そうそう何度も行ける場所じゃない。もしかしたらもっとちゃんと取材の下調べをしてから行った方がいいのかも……？

「もしかして、値段のことを気にしてる？」

翔一郎が言って、オレの顔を覗《のぞ》き込んでくる。

「大丈夫《だいじょうぶ》だよ、昌人。もちろん俺がご馳走《ちそう》するから」

「おまえにおごってもらう理由がない。だって……」

『リストランテ・ラ・ベランダ・ミラノ』のディナーコースなんか一番安くて三万円……とか言いそうになったオレは慌《あわ》てて口をつぐむ。

……雑誌で読んで『リストランテ・ラ・ベランダ・ミラノ』のディナーの値段はもちろん頭に入ってる。

……でも、今のオレはグルメ雑誌の記者じゃなくて、文芸雑誌の編集者。あんまり詳《くわ》しそうにするとボロがでそうだ。

「ええと……」

オレは咳払《せきばら》いをして、

「……よくわからないけど、イタリア料理のディナーなんかとても高いんだろ？」

オレは彼の顔から目をそらしながら言う。翔一郎はオレからまったく視線を外してくれない。見つめ合っていると、なんだか口説かれてるような気分になって落ち着かないんだ。

「もしかして、フルコースをまるまる頼《たの》まなきゃいけないかもって気にしてる？　気にすることないのに」

翔一郎の言葉に、オレは驚いて視線を戻《もど》す。

「フルコースを頼まなくていいのか？　ミラノの高級レストランで？」

「たしかにミラノでイタリア料理っていうと高いイメージがあるかもしれないけど……『リストランテ・ラ・ベランダ・ミラノ』はそんなに堅苦《かたくる》しい店じゃないんだよ」

彼の言葉にオレはますます驚いてしまう。

「堅苦しくない？　本当に？」

「うん。お店はリッチな感じだけど、雰囲気《ふんいき》は明るいよ。メートル・ド・テルもソムリエも、いろんな相談に乗ってくれるし」

翔一郎はなんだか誇《ほこ》らしげな声で言う。

「これはオーナーと、それから店のスタッフの方針なんだ。だって堅苦しい雰囲気の店じゃ、せっかくの料理やデザートも心から楽しめないだろ？」

翔一郎はオレの逡巡《しゅんじゅん》を遠慮《えんりょ》しているせいだと思ったのか、にっこり笑って言う。

「遠慮しなくてもスタッフの友人とか恋人《こいびと》がよく遊びに来るんだよ。そのために予備の席をいつも空けてある。社員割引も使えるし、もしあまりお腹《なか》が空《す》いてないようなら、パスタとかのプリモピアットを食べて、あとはデザートとコーヒーなんてオーダーも全然オッケーだし」

……『リストランテ・ラ・ベランダ・ミラノ』みたいな超《ちょう》一流店で、そんなことを？

いかにも堅苦しそうに思えた五つ星レストランの、アットホームな気遣《きづか》いに驚く。

……知らなかった。すごく貴重な情報かも。

「だいいち、オーナーだって、いつでも恋人に会いにきてるしね」

その言葉に、オレは本気で驚《おどろ》いてしまう。

「『恋人と来てる』じゃなくて、『恋人に会いに来てる』？　『リストランテ・ラ・ベランダ・ミラノ』の女性スタッフと付き合ってるとか？」

「あ、いや、『リストランテ・ラ・ベランダ・ミラノ』に女性スタッフはいない……」

翔一郎は言いかけ、しまった、という顔で言葉を切る。それから困ったような顔で、

「これは内緒《ないしょ》の情報なんだ。ほかの人には言ったらダメだよ」

たしかに『リストランテ・ラ・ベランダ』グループのオーナーがゲイではないかという噂《うわさ》は聞いたことがある。それは、海外の料理雑誌が面白《おもしろ》半分に掲載《けいさい》した記事から出た噂。もちろん真偽《しんぎ》は誰《だれ》にも解《わか》らなかったし、情報ソースが出なかったので業界ではふざけたデマだったと言われている。ただ、それ以来『リストランテ・ラ・ベランダ』がマスコミ対策に敏感《びんかん》になったことは確かだ。

「ほんの一カ月くらい前にも、客を装《よそお》って店に来たゴシップ雑誌の記者が、オーナーに無理やりインタビューしようとして店からつまみ出された。けっこう大きな会社の『ヴァニティ』っ

て雑誌だから、昌人も知っているかもしれないけど」

オレの心臓がドクンと高鳴った。

……『ヴァニティ』といえば、『マ・メゾン』と同じ『ブルー・マガザン社』が出している雑誌だ。突然《とつぜん》『マ・メゾン』が『リストランテ・ラ・ベランダ』の特集を載《の》せられなくなったのは、きっとそのことが原因なんだろう。

……もしここでオレがグルメ雑誌の記者だということ、そして取材をしたがっていることを知られたら、まるでゴシップ目当てのように思われて警戒《けいかい》されてしまうかも……？

「ああ、いけない。ディナーの仕込みが始まってしまう」

彼は壁《かべ》の時計を見上げ、椅子《いす》にかけてあった上着を取る。

「ごめん、でかけなきゃ」

「え？　ああ……行って来いよ。オレのことは気にするな」

「そうしたら、七時に予約を取っておく。絶対に来て」

翔一郎は言い、オレに手を振《ふ》ってそのまま部屋を出ていってしまう。廊下《ろうか》を歩く音、そして玄関《げんかん》のドアが閉まる音。

「あいつ、いつのまに、あんなに強引《ごういん》になったんだよ？」

オレが呆然《ぼうぜん》と呟《つぶや》いた時、玄関のドアが開く音がした。廊下を走る音に続いて、翔一郎がダイニングに顔を出す。

「どうした？　忘れ物か？」

「うん。忘れ物」

翔一郎はダイニングを横切って来て、オレの手に何かを渡《わた》す。

「え？」

見下ろすと、そこにあったのは銀色の鍵《かぎ》だった。

「外に出る時はこれで鍵をかけて。行ってきます」

言い残して踵《きびす》を返し、そのまま小走りに部屋を出ていく。オレは翔一郎の後ろ姿を呆然と見守り、それからホオッと深く息を吐《は》く。

……翔一郎に隠《かく》しごとをするのは、本当に疲《つか》れる。

オレは両手で顔を覆《おお》い、またため息。

……オレ、ちゃんと取材をすることができるんだろうか？

オレはエディターズバッグを引き寄せ、国際電話のできる携帯《けいたい》電話を取り出す。そして電話帳から編集部のナンバーを選び、通話ボタンを押す。

……もちろん『リストランテ・ラ・ベランダ・ミラノ』への取材はずっと夢だった。だけどこんなふうに無理やり取材をするのは、やっぱり気が乗らない。

オレは電話の向こうから聞こえる呼び出し音を数えながら思う。

……もしも編集長に「事情が変わってほかの特集でいくことにした。『リストランテ・ラ・

ベランダ・ミラノ』への取材はしなくていい」って言われたら、オレはきっと喜び勇んで今すぐに日本に帰るだろう。

オレは空になったガレットの皿を見つめながら思う。

……だって、あの翔一郎を騙《だま》し続けるのは、オレにとっては本当に消耗《しょうもう》することで。

『はい、『MD』編集部です』

電話に出たのは編集長だった。

「ええと……安藤ですけど」

『安藤か！　『リストランテ・ラ・ベランダ・ミラノ』の取材許可はもらえたのか？』

その弾《はず》んだ声、そして彼の後ろで編集部員たちが『やったのか？』『安藤さんすごい！』と騒《さわ》いでいる声まで聞こえて来て……オレは小さくため息をつく。

……そうそう状況《じょうきょう》が変わるわけがないんだよな。『MD』はすでに崖《がけ》っぷちだし。

「そうそう簡単にはいきませんよ」

『ダメだったのか？』

絶望的な編集長の声の後ろで『そんなあ！』『編集部が！』と悲鳴を上げる声がする。

「ダメとは言ってません。幼馴染《おさななじみ》に会えて、夜になったら店にも行くことになりました」

『『リストランテ・ラ・ベランダ・ミラノ』に行くのか！　やったな、安藤！』

「いや、別に取材許可がもらえたわけではなくて、幼馴染の顔で席が取れそうというだけです。

あそこは二年先まで予約がいっぱいみたいなんで……それだけでも進展じゃないかと」

『二年先？』

編集長は驚いた声で叫《さけ》び、それから深いため息をつく。

『取材どころか食事すら二年先にならないとできない……ということは、ますますおまえだけが頼《たよ》りということだな』

「あの……状況は変わってないんですか？」

……このままでは『MD』がなくなってしまう。

……ただ、そこで働いていたから、というのではない。『MD』は、オレにとって特別な意味を持つ雑誌だったんだ。

オレは、最初に『MD』を知るきっかけになった、ある小さな記事を思い出す。

『もちろん変わってない。第二編集部のやつらは経費が増えると小躍《こおど》りしてる』

編集長がため息混じりに言う。

「じゃあ、オレ……覚悟《かくご》を決めなきゃいけないですね」

オレが低く言うと、編集長は慌《あわ》てて、

『ちょっと待て、安藤。いきなりレコーダーを掲《かか》げて強引に取材をしてやるとか思うなよ。おまえならやりかねない。綺麗《きれい》な顔して中身はやたら熱血だからな』

編集長は深いため息をついて、

『あの後で、こちらからも何度か取材の申し込みをしている。かなりの強力なコネも使ったんだが、ことごとく断られた。だから、真っ正面から行っても玉砕《ぎょくさい》するだけだぞ』

その言葉に、オレは内心ため息をつく。

……やはり、そうそううまくはいかないか……。

「幼馴染から聞いたんですが……一月ほど前に『ヴァニティ』の記者が『リストランテ・ラ・ベランダ・ミラノ』に突撃《とつげき》したらしいんです。料理の取材ではなく、オーナーがゲイではないかというゴシップネタを目当てに」

オレが言うと、編集長は驚いた声で、

『『ヴァニティ』といえば、『マ・メゾン』と同じ『ブルー・マガザン社』の雑誌じゃないか。急に『リストランテ・ラ・ベランダ・ミラノ』が『マ・メゾン』での特集を組ませなかったのも、それ関係で何かがあったのかも……？』

「よくはわかりませんが、そんな気がします」

『たしかに最近の『ヴァニティ』は評判が悪い。昔はニュース性の高い雑誌だったのに、最近ではハリウッド女優のスキャンダルだの、料理界のゴシップだの……あそこならヤバいことをして『リストランテ・ラ・ベランダ・ミラノ』の怒《いか》りを買っても仕方ないな』

「幼馴染から聞いた印象だけですが……彼らはマスコミに対してとても神経質になっている印象です。今、取材を認めさせるのはとても難しいかもしれません」

電話の向こうで編集長が深いため息をついて、

『それを言うならうちも悪名高いゴシップ雑誌の『ソフトフォーカス』がある。印象が悪いかもしれないな。断りのファックスに『貴社の雑誌を調べさせていただきましたが』という一文があったのは、もしかしてそのことかもしれない』

その言葉に、オレは思わず青ざめる。

……じゃあ、オレが文芸雑誌の編集者じゃないことが解《わか》った途端《とたん》、店をたたき出されてもおかしくないかも……。

『今は食事をしに行くだけでもいい。幼馴染に頼《たの》んでグランシェフやスー・シェフと話をする機会を設けてもらえ。取材許可がなくても、その話を基にいい記事を書き、相手を納得《なっとく》させることができれば、掲載《けいさい》許可をもらえる場合だってあるんだからな』

「……あ……」

『一つだけ言っておく。私たちも手を尽《つ》くすが、多分無理だ。おまえは今、私たちの唯一《ゆいいつ》の希望なんだ。頼んだぞ、安藤』

編集長の声の後ろから『頑張《がんば》って！』とか『頼みます！』と叫ぶ声が聞こえてくる。オレはプレッシャーに押しつぶされそうになりながら、電話を切った。

「……やっぱりダメか……」

オレは携帯電話をエディターズバッグに戻《もど》しながら、深いため息をつく。

……このままじゃ、みんなで頑張って作ってきたあの『MD』が、廃刊《はいかん》になってしまう。

オレは部屋の隅《すみ》に置いてあったトランクに歩み寄り、そこからスーツを取り出す。

良心の呵責《かしやく》を感じながら、持ってきた一番いいスーツに着替《きが》える。

……店に行って、別のスタッフとも話すことができればそれが立派な取材になる。そこで素《す》晴《ば》らしい記事を書いて、それを見せれば、掲載許可をもらうこともできるかもしれない。

オレは『リストランテ・ラ・ベランダ・ミラノ』に出かけるべく、部屋を出ながら覚悟を決める。

……もう、ぐだぐだ考えている場合じゃないんだ……。

徳田翔一郎

俺は、昌人に食べさせるフォンダン・ショコラのためのフォンダンを作っていた。これは水と砂糖と水飴《みずあめ》を練《ね》って作ったもので、これを使って作るフォンダン・ショコラは、普通《ふつう》の粉砂糖を使った物よりもずっと滑《なめ》らかな舌触《したざわ》りになる。

俺は四百グラムの砂糖を正確に量り、百六十五ccの水を加えて火にかける。沸騰《ふっとう》したら五十五グラムの水飴を加え、正確に百十八度まで加熱する。

百十八度になった熱いそれを大理石の調理台の上に流し、霧吹《きりふ》きで水をかけながら、へらで薄《うす》く広げていく。綺麗に広がったら、へらですくってまとめ、再び広げて……。

「ほお、今日はいつにも増して気魄《きはく》十分だな」

俺の手元を覗《のぞ》き込みながら言うのは、パトリス・ゴウス氏。俺の上司でこの『リストランテ・ラ・ベランダ・ミラノ』のグランパティシエ。世界的に有名なパティシエで、俺がずっと尊敬していた人。天才的なパティシエであるだけでなく、大きな懐《ふところ》を持った人で、俺に惜《お》しみなくいろいろな知識を与《あた》えてくれる。こんな彼の許《もと》でスー・パティシエになれたのは、俺にとっては信じられないほどの幸運だ。

「もしかして、今日来るというのはおまえの想《おも》い人かな？」

ゴウス氏の言葉に、フォンダンを作る単純作業を繰《く》り返しながら、俺はうなずく。

「そうなんです。物心ついた時から、ずっと好きでした」

俺が言うと、厨房《ちゅうぼう》のメンバーは、おお、と声を上げる。

「へえ。デザート一筋の堅物《かたぶつ》だと思っていた翔一郎に、そんな人がいるんだ？」

楽しそうに言ったのはスー・シェフの鮎川雪彦さん。綺麗な顔としなやかな身体《からだ》をした、グラビアモデルのような美人。そのたおやかな見かけによらず気の強い人で、少しだけ昌人を彷《ほう》彿《ふつ》とさせる。彼は人並みはずれた料理の才能をもった天才であるだけでなく、才能に驕《おご》らず努力を続けている、俺の憧《あこが》れの人だ。俺には昌人しかいないから、もちろんどんな美人でも恋愛《れんあい》対象にはならない。先輩《せんぱい》として憧れている、という意味だけど。

「それなら今日の前菜には気合いを入れなきゃね。彼女は牡蠣《かき》は好き？」

鮎川さんの言葉に、俺はできあがったフォンダンの重量を量りながら答える。

「牡蠣は大好物です。でも、彼女じゃなくて彼なんです」

言ってしまってから、ついにカミングアウトしてしまったな、と思う。

俺が好きになるのは、生涯《しょうがい》、昌人ただ一人と決めている。だから昌人が振《ふ》り向いてくれないのなら恋人《こいびと》なんか作らないと思っていた。でも……。

「想い人が……男？」

塊《かたまり》の肉にハーブを差し込む作業をしていた、グランシェフのファビオ・セレベッティ氏が、驚《おどろ》いたように顔を上げて言う。俺は覚悟《かくご》を決めてうなずく。

「そうなんです」

セレベッティ氏は一瞬呆然《いっしゅんぼうぜん》とし、それから慌《あわ》てて、

「あ、いや、もちろんゲイに偏見《へんけん》を持ってはいないからそれは言っておくよ。それよりもおまえに恋人がいたのが驚きだな。女性客にどんなに口説かれても『今はデザートのことしか考えられませんから』とかあっさりことわっていたくせに」

「もちろんデザートのことで頭の半分はいっぱいです。でも……あとの半分は、ある一人のことでいっぱいだったんです」

俺は、なんだか申し訳ない気持ちになりながら言う。鮎川さんが楽しそうな声で、

「それで？　彼とはもうラヴラヴなの？　イタリアに来たならこれから同棲《どうせい》するとか？」

「いいえ……彼の本当の気持ちはまだわかりません。もしかしたらこのまま恋人になれずに終わるかもしれません。でも、この店に呼んで俺のデザートを食べてもらって……少しずつでも好きになってもらえたらって思います。だって彼のことを俺は本気で好きだから」

言うと、厨房の中は一瞬静まり返る。あまりの沈黙《ちんもく》の長さに、さすがの俺も少し青ざめる。

「俺みたいな平凡《へいぼん》な男がこんなことを言うなんて、バカみたいでしょうか？」

「そんなことはないよ」

　鮎川さんが、その繊細《せんさい》な手で俺の肩《かた》をポンポンと叩《たた》く。

「世の中の男がみんなおまえを見習えば、世界はどんなにか平和になるだろうな」

「ええと、それはどういう？」

　俺がフォンダンをボウルに移しながら言うと、鮎川さんはその唇《くちびる》の端《はし》に笑《え》みを浮《う》かべる。

「素直でよろしい、ということだよ。……ひねくれたうちのオーナーにも見習って欲しいよ」

　その言葉にメンバーは笑い、厨房の雰囲気《ふんいき》がほぐれた。

　ガラヴァーニ氏は、鮎川さんを日本から引き抜《ぬ》いてきた時に、厨房のメンバーにカミングアウトしている。「私はゲイで、ユキヒコは私の恋人だ」って。それから「だがこの店に引き抜いてきたのは彼を愛しているからではなく、彼の実力を認めたからだ」とも言った。

　もしも二人が恋人同士であることを隠《かく》していたら、それが解った時に複雑な気持ちになったかもしれないけど……俺たちはそのカミングアウトをあたたかな気持ちで聞くことができた。大富豪《だいふごう》の嫡子《ちゃくし》であり、それに見合う高い地位を持つガラヴァーニ氏が、世界的なスキャンダルにもなりかねないそんなプライベートなことを告白してくれるってことは、俺たちをそれだけ信頼《しんらい》してくれているってことだから。

　それ以来、俺はガラヴァーニ氏と鮎川さんのカップルをずっと応援《おうえん》している。ほかの厨房のメンバーも同じだろう。

鮎川さんがミラノに来たばかりの頃《ころ》、まだ若い彼がスー・シェフに抜擢《ばってき》されたことでさまざまな雑誌に叩かれた。彼がオーナーのゲイの恋人じゃないかって当てずっぽうで書いたゴシップ誌もあった。鮎川さんはそれでとても悩《なや》んだけれど……オーナーはそんな彼を支え続け、俺たちも鮎川さんを守るために団結した。つい最近もある雑誌の記者が鮎川さんに失礼なことをしようとして、その出版社の記者はすべて店には出入り禁止になった。記者さんたちには可哀《かわい》相《そう》かな、とも思ったんだけど、鮎川さんはオーナーの恋人というだけでなく、俺たちの店のスー・シェフだ。彼を守ることは、同時にこの店を守ることでもあったから。

彼を大切に守っているオーナー、そして彼の期待に応《こた》えるべく歯を食いしばって頑張《がんば》っている鮎川さんの姿は、俺にはとても眩《まばゆ》かった。

俺はフォンダンの入ったボウルに、卵黄を四つ割り入れながら言う。

「俺、ガラヴァーニ・オーナーと鮎川さんのことずっとうらやましかったんです。俺の恋《こい》は絶対に成就《じょうじゅ》しないと思ってたから。でも昌人さんは四日前、急に連絡《れんらく》をくれて。そして今日の朝、ミラノに来てくれたんです。だから全然望みがないわけじゃないんだろうなって」

「昌人さんっていうのか、想い人は。美人か？」

セレベッティ氏の楽しそうな言葉に、俺はうなずく。

「すごい美人です。しかも気が強くて口が悪くて……たまらないです」

俺の言葉に、厨房があたたかな笑いに包まれる。

「いいなあ、若いって。私も若い頃はこんなふうに素直《すなお》だったなあ」

グランパティシエのゴウス氏が言い、もう一人のスー・シェフのグランデ氏が言う。

「いやあ、我々だってまだまだ若いですよ。彼を見習って女房《にょうぼう》を大切にしないとね」

「絶対に成就しないと思っていた恋の相手が……急に連絡をしてきて、ミラノまで来た」

みんなが笑う中、鮎川さんだけが妙《みょう》に真剣《しんけん》な顔で聞いてくる。

「それって何がきっかけだったんだ？　手紙で口説いた？　電話で熱い告白をしたとか？」

「え？」

彼の言葉に、ボウルの中身をかき混ぜていた俺はドキリとする。

「きっかけがないといけませんか？」

「いや、いけなくはないが……」

鮎川さんはいつもきびきびした彼らしくない、妙に歯切れの悪い口調で言う。俺は、

「六年前、俺は、昌人さんにある失礼なことをしてしまいました。怒《おこ》った彼は『もう一切《いっさい》連絡をしてくるな』と言って俺に連絡先すら教えてくれませんでした」

あの時の気持ちを思い出すと、今でも心が潰《つぶ》れそうだ。

「だから連絡のとりようがなかったんです。彼の実家は知っていたし、彼のご両親は俺を可愛《かわい》がってくれていて連絡先を教えてもらうのは簡単でしたが、俺からそれをするのはマナー違反《いはん》な気がして……聞けませんでした」

実家の隣《となり》に住む彼の両親は、俺のことも本当の息子《むすこ》のように可愛がってくれていた。喧嘩《けんか》をしたことは昌人さんから聞いていたみたいだけど……「昌人は気が荒《あら》いから許してやって」と言ってしょっちゅう近況《きんきょう》を教えてくれていたし、彼が帰省した時には写真嫌《ぎら》いの彼を説得して写真を撮《と》り、それをこっそり俺に送ってくれていた。「またいつでも仲良くしてやってね」と言って。彼は帰省の時期も俺とずらしていたから、六年間、ずっと会えなかったけど。

「今回、彼は俺の実家に連絡を取って連絡先を調べてくれました。自分から、です」

俺は、彼からの電話を受けた夜のことを胸の高鳴りとともに思い出す。受話器の向こうからいきなり聞こえた「昌人だけど」というぶっきらぼうな声が、どんなに嬉《うれ》しかったかも。

俺は力を入れてフォンダンと卵黄をかき混ぜながら、

「最後に別れる時、俺は『もしも俺を許す気になったら会いに来て』って言いました。だから連絡をして、会いに来てくれたってことは……希望がないでもないのかなって」

俺は言い、それから昌人がした、どこか後ろめたそうな表情を思い出す。

「彼はまだ告白してくれませんし、ちょっと警戒《けいかい》してるようにも見えます。もしかしたらまだ迷いがあるのかもしれません」

「私は応援するよ、ショウイチロウ」

セレベッティ氏が、にっこりと笑う。

「美味《おい》しい物を食べさせれば、絶対に落ちる。これは私の体験談だけど」

「本当ですか？」

俺はその言葉に、決意を新たにした。

「俺、頑張って、昌人さんの心を俺のものにします！」

「よしよし。それなら彼のために完璧《かんぺき》なフォンダン・ショコラを作れよ」

ゴウス氏が言って、俺の肩をポンポンと叩く。

「わかりました。頑張ります！」

彼と一緒《いっしょ》にいられる日々を思うだけで、世界が煌《きら》めくようだ。

……彼の心が自分のものになったら、どんなに素敵だろう……？

安藤昌人

……これが……オレが憧《あこが》れ続けた『リストランテ・ラ・ベランダ・ミラノ』。

歩道に立ったオレは、白い大理石の壮麗《そうれい》な建物を見上げて、ため息をつく。

さすが大富豪のガラヴァーニ一族が出資している老舗《しにせ》レストランだけあって、立地も建物の雰囲気も申し分ない。

緩《ゆる》い半円を描《えが》く短い階段の真ん中には、鮮《あざ》やかなバラ色のカーペットが敷《し》かれていて、階段の上にはアールデコ風のデザインの金の縁取《ふちど》りを持つ、真鍮《しんちゅう》の両開きのドアがある。

……もしも、ただの客としてここに立てたとしたら、今夜は素晴らしい夜になっただろう。たくさんの記事で読んだ『リストランテ・ラ・ベランダ・ミラノ』への賞賛の言葉が頭を駆《か》け巡《めぐ》る。

……そして、素晴らしい味への期待で、鼓動《こどう》を速くしていたはずなのに。

でも今のオレは、このまま踵《きびす》を返して帰ってしまいたいという衝動《しょうどう》に駆られている。

……ああ、オレは世界中の食通から愛されたこの名店を汚《けが》そうとしているのかもしれない。

オレは思いながら、でももう逃げることもできずに階段の下に立つ。とても上等らしい絨《じゅう》毯《たん》のふわりとした踏《ふ》み心地《ごこち》に、一瞬緊張《いっしゅんきんちょう》を忘れる。

……すごいな。屋外に出す絨毯にまで、こんな高級品を使っているなんて。

きっちりとお仕着せを着た二人のドアボーイが、階段の下に立ったオレに気づいてにっこりと笑いかけてくる。

「こんばんは」

「いい夜ですね」

人懐《ひとなつ》こく話しかけられ、大きくドアを開かれて、オレは思わず微笑《ほほえ》み返してしまう。

「ありがとう」

オレは言って、緊張も忘れながらエントランスロビーに足を踏み入れる。

「こんばんは、シニョール・アンドウ。ようこそいらっしゃいました」

エントランスドアの脇《わき》に立っていた白髪《はくはつ》の男性がオレに話しかけてくる。タキシードに似たお仕着せ、ダンディな顔立ち。雑誌で見たメートル・ド・テルだ。たしか名前はフランコ・ロッティ氏。しかし……。

「……あの……どうしてオレの名前……？」

まだ名乗ってもいないのに、と思いながら言うと、メートル・ド・テルは、ああ、と笑って、

「失礼いたしました。トクダから聞いた印象と、あまりにもぴったりでしたので」

「翔一郎から？　何を言っていたんだか」

俺が思わず言うとメートル・ド・テルはそのハンサムな顔に意味深な笑《え》みを浮《う》かべて、

「もちろん褒《ほ》め言葉ばかりですよ。……どうぞこちらへ」

言いながら、オレを誘《いざな》って歩きだす。

こぢんまりと落ち着いたエントランスロビーの床《ゆか》には、外階段に敷かれていたのと同じ、深《しん》紅《く》の絨毯が長く伸《の》びていた。その先にあるのは長い廊下《ろうか》。そこにも同じ深紅の絨毯が敷かれている。

……このロビーに立った時から、きっとゲストは特別な空間に誘われているんだ。

グルメ雑誌やレストラン年鑑《ねんかん》のグラビアで何度も見たことのある『リストランテ・ラ・ベランダ・ミラノ』のダイニングの様子を思い出す。オレはグラビアを見ながら、いつかはここを歩いてみたい、と憧れとともに思っていた。

……やっとここに来ることができたんだ……。

オレは感動とともに思い……そしてまた、心がズキリと痛むのを感じる。

……でも、オレは本当は、ここを歩くのに相応《ふさわ》しい優雅《ゆうが》なゲストではなくて……。

「昌人？」

廊下の方から声がして、エントランスロビーを横切っていたオレはハッと顔を上げる。

「来てくれたんだ！」

蠟燭《ろうそく》形のランプが灯《とも》る廊下。その暗がりから明るいホールに姿を現したのは、シェフコート姿の翔一郎だった。

モデルみたいな長身に、シェフコートがとても似合っている。純白のシェフコートを着た翔一郎は、とても若々しく、そして清々《すがすが》しく見え……それと同時に、自信に満ちていた。その姿は、すでに一人前のプロフェッショナルの風格を備えている。

……立派になったんだな、翔一郎……。

オレは思いながら、彼の凛々《りり》しい立ち姿に見とれてしまう。緊張と逡巡《しゅんじゅん》に足がすくみそうだったオレは、彼の姿にとてもホッとしていた。けれど、それを隠《かく》すために、必要以上に冷たい声がついつい出てしまう。

「どうしてこんなところに来てる？　おまえ、仕事はどうしたんだよ？」

「もちろん下ごしらえはすんでるよ。デザートは俺が作ってあげるから期待して」

彼は言いながら、オレの前に立つ。

「そろそろあなたが来る頃《ころ》だと思って、迎《むか》えに来た」

まるで大型犬みたいに人懐こく見える、漆黒《しっこく》の瞳《ひとみ》。どこまでも真《ま》っ直《す》ぐな視線で見下ろされて……知らずに鼓動が速くなる。

「そうしたら、エスコートは君に任せるよ。くれぐれも失礼のないようにね」

ロッティ氏が言って、ドアの脇にある小さなカウンターに戻《もど》っていく。オレは驚《おどろ》いて、

「おまえ、パティシエだろ？　厨房《ちゅうぼう》から出ていていいのか……あっ」

彼が身を屈《かが》め、オレの手をいきなり持ち上げる。彼のあたたかくて大きな手が、緊張で冷たくなったオレの手をキュッと握《にぎ》りしめる。

「この店にあなたが来てくれるのが、ずっと夢だったんだ」

真面目《まじめ》な声が妙《みょう》にセクシーに響《ひび》いて、心臓が、ドクン、と跳《は》ね上がる。

「あなたが来てくれて、すごく嬉《うれ》しい」

彼の漆黒の瞳の奥に野性的な光がよぎった気がして、オレは思わず逃げてしまいたくなる。

……もしかして、こいつは今でもオレのことを好きなんだろうか？

オレは、彼を見返しながら呆然《ぼうぜん》と思う。

……だとしたらオレは、やっぱりここには来るべきでは……。

「来て。あなたのためのディナーをアレンジした。気に入ってもらえると嬉しいんだけど」

彼は言って、オレの手を握ったまま、エントランスロビーから廊下に歩を進める。両側の壁《かべ》には重厚な織り模様の布が張られ、キャンドルスタンド形の真鍮の照明が設置されている。蠟燭を模した電球が灯され、ロマンティックな影《かげ》が揺《ゆ》れる。

「オレのためにアレンジって……そんなに気を遣《つか》われると、ますます緊張するんだけど」

「緊張することはないよ。ここは美味《おい》しい物を食べる場所だ」

微笑んだ顔で見下ろされて、鼓動がどんどん速くなる。

「この店での一夜を、うんと楽しんで欲しい」

……ああ、今でも少しも汚《けが》れず、こんなに真っ直ぐな目をする彼が……。

オレは、鞄《かばん》に入っているメモ用紙とデジタルカメラを意識しながら思う。

……すっかり汚れたオレの本性《ほんしょう》を知ったら、いったいどう思うだろう……？

彼はオレの手を握ったまま、長いストライドで廊下を歩く。それから正面にある重厚な木の扉《とびら》を、空いている方の手で押し開ける。

「ようこそ、『リストランテ・ラ・ベランダ・ミラノ』へ」

オレは彼に誘われて、そこに足を踏み入れ……。

「……うわ……」

店内は、礼拝堂を思わせるような広い空間だった。ガラスが張られたドーム形の天井《てんじょう》、大理石をモザイク模様に敷き詰《つ》めた床。天井から長い鎖《くさり》で提《さ》げられているのは、見たこともないほど見事な細工を施《ほどこ》した、アンティークらしいヴェネツィアンガラスのシャンデリア。

壁際《かべぎわ》には落ち着いたいくつものソファ席があり、広いフロアにあるテーブルも、たっぷりと間をとって置かれている。純白のテーブルクロスの上には蠟燭が揺れ、銀の食器やクリスタルのグラスをまるで宝石のように煌《きら》めかせている。

……やっぱり……すごい……。

オレは、店内を見回しながら思う。

テーブルは、すべて正装した男女で埋《う》まっていた。彼らは幸せそうに見つめ合い、心からこの時間を楽しんでいるように見える。アンティークのシャンデリアは控《ひか》えめな光を投げかけ、計算され尽《つ》くした間接照明と蠟燭の灯《あか》りがゲストたちを照らしている。照明に無頓着《むとんちゃく》な店も多いけれど、ここは女性を美しく見せるための工夫《くふう》が随所《ずいしょ》にこらされているのが解《わか》る。

……ここで初めてのデートをしたらそのまま恋《こい》に堕《お》ちそうだし、ここでプロポーズされたら、きっとほとんどの女性がうなずいてしまいそうだ。

……ここは……まさに別世界だ……。

「あなたのための席を用意してある。どうぞ」

翔一郎はまるで麗《うるわ》しい騎士《きし》みたいにオレの右手を支えていた。まるでお姫様《ひめさま》のようにエスコートされる、しかし男のオレを人々はチラリと振《ふ》り返る。しかもオレを案内しているのはメートル・ド・テルではなくてシェフコートの男。シェフ自らが案内に出るなんてどんなに偉《えら》いゲストなのか、という顔で興味津々《しんしん》に目で追われ、オレの頰《ほお》が熱くなる。

「ええと……恥《は》ずかしいんだけど？」

「シェフコートでごめん。タキシードでエスコートしたかったな」

翔一郎は言うけれど、モデルのように完璧《かんぺき》なルックスをした翔一郎はどんな格好をしても様になっただろう。

「そうじゃなくて、オレは男だぞ？」

「でも、俺にとっては誰《だれ》よりも綺麗《きれい》で大切な人だよ」

翔一郎は振り返り、その視線をオレの全身に素早《すばや》く滑《すべ》らせる。

「スーツ、とても似合ってる。あなたのスーツ姿なんか初めて見たから、ドキドキする」

「おまえ、日本語だからいいようなもんの、ほかの女性のゲストに聞かれたら怒《おこ》られるぞ」

オレが言うと、彼はクスリと笑って、

「たしかに。俺、今夜はかなりハイになってるかも」

少し照れたように言う。白い歯を覗《のぞ》かせるその笑い方は昔と変わらないけれど、その横顔はずっとずっと大人びていて……また鼓動《こどう》が速くなる。

彼はオレの手を引いて、店の奥まで進む。巧《たく》みに置かれた観葉植物のせいで、ほかのテーブルからはほとんど見ることができないであろう、とても落ち着いた一角だ。そこには『RESERVED』の札の立てられたテーブルが二つあった。

「どうぞ」

翔一郎が椅子《いす》を引いてくれたのは、奥から二番目の席だった。椅子を引かれることになど慣れていないオレは、妙に緊張《きんちょう》しながらそこに座る。翔一郎は完璧なタイミングで椅子を押してくれ、オレは心地《ここち》よく座ることができる。

「へえ。いい席じゃないか」

そこは大きなガラス窓の近くで、豊かな緑を茂《しげ》らせた中庭が一望にできた。

「あっちの席の方が厨房からよく見えるんだけど。あそこはオーナー専用のリザーブシートだからね」

翔一郎が一番奥の席を示しながら言う。

「でもこの席からもチラッと厨房が見えるから。ほら」

翔一郎が言い、木々の隙間《すきま》を示してみせる。少しだけ身を屈めると、そこからガラス張りになった厨房の様子を見ることができて、オレは驚いてしまう。

「見られてもいいのか？　企業《きぎょう》秘密のレシピとかは？　珍《めずら》しい製法の前菜とかもあるだろ？」

「たくさんある。けど、ここはスタッフの知り合い専用の席だからね」

「ちゃんとエスコートできたみたいじゃないか、ショウイチロウ」

さっきのメートル・ド・テルが、言いながら近づいてくる。オレを見ながら、

「あなたをエスコートしたいと言うから、彼に椅子の引き方と、押すタイミングを教えたんですよ。うまくできましたか？」

その言葉に、翔一郎が赤くなっている。

「ええ、とりあえず座ることはできました」

オレが言うと、メートル・ド・テルは楽しそうに笑う。それから翔一郎に向かって、

「それはよかった。ほら、そろそろ厨房に戻らないと」

「わかりました。……じゃ、また後で」

翔一郎が手を振って、厨房の方に消えていく。メートル・ド・テルが、彼の後ろ姿を見送りながらクスリと笑う。

「あんな真面目で素直な若者は、昨今ではなかなかいませんよ。この店でも彼はムードメーカーです。みんなに愛されています」

その言葉に、オレはなんだか自分のことのように嬉しくなる。

「本当ですか？　こんな有名な店でちゃんと勤まるのかなって、ちょっと心配だったけど」

「この店のレベルはとても高い。あんな若さでスー・パティシエになるなんて前代未聞《みもん》なんですよ。彼の才能と、努力の賜《たまもの》かな？」

彼はにっこり笑い、それから、

「今夜のディナーは、ショウイチロウがあなたのためにアレンジしたスペシャリテでよろしいですか？」

「ええ。何が出てくるか、ちょっとドキドキだけど」

「ショウイチロウはあなたのためにシャンパンも選んでいました。とりあえず、ソムリエを呼んでそれをお注《つ》ぎしてもよろしいですか？」

「お願いします。オレはシャンパンなんかわからないし」

編集者という立場から本当はかなり研究したつもりなんだけど……オレはいちおうそう言ってみる。妙な知識をひけらかしてボロがでてもヤバいし。

メートル・ド・テルが手を上げて呼ぶと、黒いお仕着せを着た白髪《はくはつ》で小柄《こがら》な男性が近づいてきた。彼の後ろにはシャンパンクーラーの載《の》ったワゴンを押すギャルソンが付き従っている。だいぶ高齢《こうれい》に見えるけど、矍鑠《かくしゃく》としていて良家の執事《しつじ》といわれたらしっくりくるようなイメージだ。胸に金色の葡萄《ぶどう》のバッジと勲章《くんしょう》がつけられているのを見て、彼がこの店のチーフ・ソムリエなんだな、と思う。

「ブォナセーラ。シニョール・アンドウ。ソムリエのマルコ・チェザーレと申します」

彼はにこやかに言い、まるで孫でも見るようなあたたかな目でオレを見下ろす。

「あなたがショウイチロウの親しいご友人ですか。お会いできて光栄です」

彼は手を伸《の》ばし、シャンパンクーラーに刺《さ》さっていたシャンパンの瓶《びん》を取り出す。白いナプキンで水滴《すいてき》を拭《ぬぐ》ってから、オレにラベルを見せてくれる。

「『アンリオ・アンシャンテルール1995』ショウイチロウが選んだシャンパンです。高価ではないがとてもいい生産者が作っていますし今年はとてもいい出来だ。彼はなかなか目が高い」

言いながらコルクを開け、テーブルの上に置かれていたバカラのシャンパンフルートに、そっとそれを注いでいく。

「ショウイチロウは、最初のシャンパンをリクエストしただけです。足りないようでしたらワインリストをお持ちしますが、このまま食事の最後まで通していただくのも、お若い方らしくてお洒落《しゃれ》ですよ」

彼の言葉に、オレはホッとため息をつく。

「こういう高級なレストランでは、高いワインを薦《すす》められると思っていました」

「高いワインをご所望でしたらもちろんお持ちいたしますが、そうでない場合は料理に一番合ったワインをお薦めしています。ここはレストランですので主役は料理。ワインはその引き立て役です」

彼がにこやかに言い、オレはその言葉にちょっと感動していた。仕事柄《しごとがら》、有名レストランにも足繁《あししげ》く通ったけれど、有名なら有名なほどソムリエのプライドも高くて、こっちの意見を聞いてくれない。料理に合わない高いワインを無理に薦められ、喧嘩《けんか》になりかけたこともある。

「すぐに前菜が参りますので、お楽しみに」

メートル・ド・テルが言い、彼らは上品な会釈《えしやく》を残して去った。

オレは周囲を見回し、客がこっちを見ていないことを確かめて内ポケットからペンとメモ用紙を取り出す。そしてメートル・ド・テルとソムリエの名前と特徴《とくちよう》を急いで書き留めた。

『フランコ・ロッティ……メートル・ド・テル。タキシードに似たお仕着せ、白髪《しらが》交じりの髪《かみ》、ダンディ』

『マルコ・チェザーレ……ソムリエ。黒いお仕着せ、白髪で小柄な高齢の紳士《しんし》』と、
それから、彼らが言った言葉と、店の内装についても書き留める。

……なんだか、まるで産業スパイにでもなったような気分だ。

記事を書くためにメモは必要不可欠なんだけど、競合店からのスパイと思われていきなり怒り出す店主もいた。編集長命令で取材拒否《きょひ》の店に行き、参考のためにメモを取っていて怒鳴《どな》られたこともある。店員の目があるような小さな店では、忘れないうちにメモを取るために、何度もトイレに駆《か》け込むなんてことも日常茶飯事《さはんじ》だ。

……こんなふうに歓待《かんたい》してもらえる店でこんなことをするのは、やっぱり気が引ける。

でも、もしもこの店の記事を書くことになれば、こういう細かい情報が重要になる。正確な記事を書くためにもとても大切なことなんだ。

オレがひととおり書き留めてホッとため息をついた時、ギャルソンが近づいてきて三種類のパンが盛られた籠《かご》と、オリーブオイルと岩塩の瓶をテーブルの上に置いた。

「ご自由にどうぞ。うちのスー・パティシエであるトクダの手作りパンです。こちらがライ麦のブロート、ゴマ入りのリュスティック、スウィートバジルのフォカッチャです。よろしければオリーブオイルと岩塩をつけてお召《め》し上がりください」

言って、にっこり笑って去っていく。

……うわ。パンから湯気が立ってる。めちゃくちゃ美味《うま》そうなんだけど。

オレは用意された小皿の中にソルトミルに入っている岩塩を挽《ひ》き、その上にオリーブオイルを垂らす。まだあたたかいバジルのフォカッチャを取り、指先で千切ってそこに軽くつける。それを口に運び、咀嚼《そしやく》したオレは、思わず目を見開く。

……美味《おい》しい……。

まるでオリーブのジュース、という感じの香《かお》り高いオリーブオイル。フォカッチャに散らされたスウィートバジルの葉の香りと混ざって、まさにイタリア、といったイメージだ。そして素晴《すば》らしいのが、フォカッチャの食感。外側がサクッとしているのに、中がモチッとしていて小麦の香りがふわりと漂《ただよ》う。癖《くせ》になりそうなフォカッチャだった。

……こんなものだけで感動してどうするって感じなんだけど、本当に美味い。

レストランに勤めるパティシエは、デザートだけじゃなくてパンやパイ類も作れなくてはいけない。レストランに勤めたいと言っていた翔一郎が、お菓子《かし》だけでなくパンやパイ類も頑張《がんば》って研究していたことを思い出す。

オレはライ麦のブロートと、ゴマ入りのリュスティックも一口分ずつ千切って口に入れてみる。ライ麦のブロートは、ごく薄《うす》くスライスされていて、噛《か》むと重厚なライ麦の味の中にほのかな酸味が効いている。サンドイッチにしてもすごく美味しそうだ。ゴマ入りのリュスティックは中指くらいの細さで、全体に捻《ひね》りを入れ、両端《りょうたん》が尖《とが》っている独特の形。触《さわ》るととても硬《かた》そうだったけれどほんの少し力を入れると軽く折れ、口に入れるとサクサクとして香《こう》ばしい。白い部分はフワフワしていてその対比もすごく面白《おもしろ》い。

……本当に美味しい……。

……苦労してたけど、上手にできるようになったんだな。一流の味って感じだ。

思わずうっとりとため息をついたオレの目に、皿を掲《かか》げた、シェフコート姿のすごい美人が近づいてくるのが見えた。その磁器人形のように整った顔には見覚えがあった。

……あれは、スー・シェフの鮎川雪彦か。

「ようこそ、シニョール・アンドウ」

彼は、その綺麗《きれい》な顔ににっこりと笑《え》みを浮《う》かべながら言う。その笑顔があまりにも麗《うるわ》しくて、オレは思わずたじろいでしまう。

……ゲイバーに行くと、男でも美人と言われてちやほやされるヤツがいる。だけど……こんな一流の場所にいる本物の美人は、そんな偽物《にせもの》とは格が違《ちが》うって感じで。

彼は上品な仕草で皿をテーブルに置く。彼の顔に見とれてしまっていたオレは慌《あわ》ててテーブルの上に視線を落とし……。

「……わ……」

そしてそこに置かれた前菜を見て思わず声を上げてしまう。

「……綺麗……！」

「『ブロン産牡蠣《かき》のタブレ仕立て　フレッシュポルチーニと黒トリュフ入りソース　季節の野菜とエジプト豆のレースガレット添《ぞ》え』でございます」

お洒落な正方形の白い皿の上には、トリュフの黒が鏤《ちりば》められたブラウンのソースが美しい模様を描《えが》いている。たくさんの新鮮《しんせん》な野菜の真ん中に置かれているのはふっくらとした三つの牡蠣。そしてまるで繊細《せんさい》なレース細工のような円形のガレットが添えられている。

「美味しそうなのはもちろんだけど……細工もすごいな」

オレは一ミリもないような薄さの煎餅《せんべい》状に焼き上げられた、硬いガレットを見つめる。

「このガレットはスー・パティシエの徳田が焼いたものですよ」

「これも翔一郎が？　本当に？」

「ええ。彼はまさに職人です。真面目《まじめ》で完璧《かんぺき》な仕事をする。安心して仕事を任せられますよ。……どうぞごゆっくり」

彼は優雅《ゆうが》に一礼してテーブルから去る。

「これはすごいな。やっぱり撮《と》りたいかも」

オレは思わず呟《つぶや》き、ポケットから小型のデジタルカメラを取り出す。オレのデジタルカメラは本体とレンズ部分が別になっていて、レンズだけを回転させられる。携帯《けいたい》みたいにシャッター音がしない上に、手元で構えたまま、液晶《えきしょう》画面で被写体《ひしゃたい》を見て撮影《さつえい》することができるんだ。

オレは辺りを見回し、さも携帯のメールでも確認するような顔でそっとシャッターを切る。

そして、画面に浮かび上がった美しい画像に見とれる。

……小さめのグラビアならこのまま使えそうなほど、いい画像が撮れてしまったぞ。

……ともかくめちゃくちゃに緊張《きんちょう》はするけれど。

オレは辺りを見回し、デジカメをそっと膝《ひざ》に置いた布ナプキンの下に隠《かく》す。そして前菜用のフォークを持ち上げ、牡蠣を刺してみる。薄い表面が破れると、そこからふわりと牡蠣のジュースが溢《あふ》れる。オレは慌ててソースをつけてそれを口に運ぶ。

……美味い……。

オレはその味に驚《おどろ》いてしまう。

……こんな美味い牡蠣は、生まれて初めて食べたかも……。

牡蠣自体がものすごく新鮮。さらに火の通し方が完璧なせいで豊富なジュースが失われていない。プリプリとした食感と磯《いそ》の香り、そして口に広がる滋味《じみ》がたまらない感じだ。

タブレ仕立てっていうのは、味が染《し》み込みにくい海老《えび》なんかによく使う技法で、軽く火を通した素材に熱くしたソースをかけ、それをさらに冷やしながらマリネすることで味を染み込ませる方法だ。バルサミコ酢《す》が入っているらしい軽いマリネ液が、牡蠣の旨味《うまみ》をひきたてている。そこにさらに黒トリュフとポルチーニ茸《だけ》のコクのあるあたたかなソースを添えることで、さらに美味しさが足されて……。

「……綺麗だよな、これ……『エジプト豆のレースガレット』だっけ？」

オレは、翔一郎が作ったというガレットを持ち上げ、その端《はし》をそっと齧《かじ》ってみる。サクリというごく軽い歯触《はざわ》りを残してガレットは粉々になった。

「……う、まい……！」

豆のほっくりした風味と、サクサクとした歯ごたえが本当にたまらない……と思っていたらガレットの残りが指の中でふわりと崩《くず》れて散った。とても脆《もろ》いそれを見て、オレはもともとこうして崩して食べる物だったことに気づく。

粉だらけになった指をナプキンで拭《ぬぐ》い、オレは夢中で残りの牡蠣と、たっぷり添えられた生野菜を食べた。ガレットが散ったせいでさらに芳《かんば》しさを増したソースが、本当に美味しい。

オレがフォークを置き、陶然《とうぜん》と余韻《よいん》に浸《ひた》っていると、お盆《ぼん》を持ったギャルソンと、シェフコートに身を包んだ背の高い人物が皿を持って歩いてくるのが見えた。

「うわ」

オレは慌てて姿勢を正す。オレのテーブルの脇《わき》に立ったのは、グラビアでも見たこの『リストランテ・ラ・ベランダ・ミラノ』のグランシェフ、セレベッティ氏だったんだ。

ギャルソンが空になった皿と前菜用のカトラリーを片づけ、そのあとにスティディッシュをセットする。セレベッティ氏はハンサムな顔に笑みを浮かべながら、運んできた皿をテーブルに置いた。

「ようこそ、シニョール・アンドウ。グランシェフのファビオ・セレベッティです」

彼はにこやかに言ってオレに右手を差し伸《の》べる。オレがつられて手を上げると、キュッと手を握《にぎ》ってくれて、

「お会いできて嬉《うれ》しいです」

「あの……今日は席を用意してくださって、本当にありがとうございます」

オレはなんだか心配になってしまいながら言う。

「だけどオレ、ただの翔一郎の幼馴染です。グランシェフにまでわざわざ挨拶《あいさつ》に来ていただいてしまっていいんでしょうか？」

「ああ、大丈夫《だいじょうぶ》。厨房《ちゅうぼう》の方には支障ありません。それに、この席はスタッフの友人専用。ここに誰《だれ》かが来た時にはいつも挨拶に来ています。……いつもたくさん働かせてしまっている、お詫《わ》びも兼《か》ねてね」

白い歯を見せて笑う彼はとても爽《さわ》やかで、世界的に有名なグランシェフという感じの気取りはまったくなかった。

「ショウイチロウは、とてもよくやっています。彼が考えた今夜のスペシャリテも、なかなかいい出来だし。ああ、この料理の周囲のパイ生地《きじ》はショウイチロウの作ですよ」

オレは、目の前に置かれた皿に目を落とす。

「……へえ……」

皿のくぼんだ部分にはまりこむようにして、円形のパイが置かれている。周りにグリーンが飾《かざ》られているだけで、ごくごくシンプルな一品だ。

「『コクレ鶏《どり》とフォアグラのロティ　赤ワインのジュ　自家製パイ添え』です。ごゆっくりお楽しみください」

彼は言って優雅に会釈《えしやく》をして踵《きびす》を返す。

オレは布ナプキンの下からデジカメを取り出そうとし……手を止める。

……このまま撮ってもダメだろう。きっと仕掛《しか》けがあるんだ。

オレは思い、膨《ふく》らんだパイにそっとナイフを入れてみる。

サクッという軽い手ごたえだけを残して、パイは二つに割れた。中には美味《おい》しそうな鶏とフォアグラが詰まっていて、そこから美しい艶《つや》のあるワイン色のソースがとろりと溢れる。オレは思わず見とれ……慌ててデジカメを取り出し、その様子を撮る。

「……すごい」

さっきまで殺風景に見えた皿の上が、豪華《ごうか》なワインのソースに満たされている。オレはフォークで鶏とフォアグラ、そしてパイのかけらを刺《さ》し、ソースをたっぷりとつけて口に運ぶ。

「……うわ……」

香《こう》ばしいパイの香《かお》り、そしてあまりにも美味しいワインのソース。鶏のしっかりとしたコクとトロリとしたフォアグラの感じが絶妙《ぜつみょう》だ。

……すごい……。

オレはもう止まらなくなってしまい、それを一気に食べてしまう。

……やっぱり、世界に名だたる名店の料理は、美味しさの格が全然違う……。

オレは陶然としながらシャンパンを飲み、その味と、料理の雰囲気《ふんいき》がとてもよく合っていることに気づく。

……翔一郎が選んだって言ってたよな。

オレはシャンパンを味わいながら、思う。

……あいつ、いつのまにこんなセンスを身につけたんだ？

「お腹《なか》はいっぱいになった？」

ふいに声がして、オレはギクリとする。慌《あわ》てて目を上げると、そこにはギャルソンと、シェフコート姿の翔一郎が立っていた。

「ああ……だいぶ満足したかも。でもメインの量が控《ひか》えめだったからデザートの余地はある」

ギャルソンが微笑《ほほえ》みながら、オレの前に置かれた空の皿とパンの籠《かご》、カトラリー、ステイディッシュを片づける。その代わりに置かれたのは、芳しい香りのエスプレッソ。

「俺の読みは正しかったな。あなたにフルコースを出したら、デザートまでにお腹がいっぱいになってしまう」

彼は言いながら、オレの前にそっと皿を置く。

「『フォンダン・ショコラ　自家製アイスクリームとともに』でございます」

ガラスの皿の上に置かれていたのは、濃《こ》いチョコレートブラウンのコロッとしたケーキ。ヴァニラの粒《つぶ》がたくさん入った卵色のアイスクリームが添《そ》えられている。

「グランパティシエに許可を得て俺が作ったんだ。どうぞごゆっくりお楽しみください」

翔一郎は言って会釈をする。それからオレの目を真《ま》っ直《す》ぐに見つめる。

「あなたのために作った。気に入ってもらえると嬉しいんだけど」

言ってその唇《くちびる》に笑みを浮《う》かべ、踵を返して去る。

長いストライド、広い背中。オレは彼の優雅《ゆうが》な後ろ姿に思わず見とれてしまう。

……本当に、遠い存在になってしまった気がする。

オレは彼が厨房の方に去るのを見送りながら思う。

……でも、彼は……なんて美しい男に育ったんだろう……？

オレはなぜか頬《ほお》が熱くなるのを感じながらフォークを取り……それからハッと気づいて慌てて デジカメを取り出す。辺りを見回してから、左手でシャッターを切る。

それからフォークでフォンダン・ショコラをそっと二つに割ってみる。そこからとろりとチョコレートが溢《あふ》れたのを見て、慌ててもう一枚シャッターを切る。

「……すごい……」

艶のあるチョコレートが溢れてくるところはあまりにも美しく、オレは思わず陶然と見とれてしまう。アイスクリームがジワリと溶《と》けるのを見て、慌ててフォークでケーキを切り、アイスクリームのソースをつけて口に運ぶ。

あたたかなフォンダン・ショコラは、濃厚《のうこう》なカカオの香りがして、口に入れた途端《とたん》にフワリと溶けた。その後に広がるのは、アイスクリームの優《やさ》しいヴァニラの風味。

オレは思わず目を閉じ、その余韻を味わってしまう。

……美味しい……。

まるで絹みたいな滑《なめ》らかな舌触《したざわ》りと、極上《ごくじょう》のショコラの香り。食べているだけで別世界につれていかれそうな……彼が作ったデザートは、そんな素晴《すば》らしい味だった。

オレは何もかも忘れてフォークを動かし、残りのフォンダン・ショコラを食べる。

とても濃厚だけど、しつこい甘さがないせいで、大人のデザートというイメージ。

夢中になって食べると、小さめのそれはあっという間になくなってしまう。

……ああ、もっとあればいいのに……。

身体《からだ》がジワリと熱くなるような感覚。まるで舌から蕩《とろ》けて、このままイッてしまいそう。

食べ終わったオレは、身体が熱くなっていることに気づいて一人で赤くなる。

……まさかオレ、勃起《ぼっき》してる……？

……あいつの作ったデザートを食べて……？

オレはフォークを置き、腿《もも》の上に二つ折りにしてあったナプキンを慌てて引き寄せる。

……いったいどうしたっていうんだ、オレ？

動揺《どうよう》しながらエスプレッソを飲むオレの耳に、翔一郎の声が聞こえた。

「昌人」

彼の後ろには、さっきは見なかったメンバーが二人。

「紹介《しょうかい》するよ。こちらがもう一人のスー・シェフ、グランデ氏。それから俺の上司であるグランパティシエのゴウス氏」

「よろしく、シニョール・アンドウ」

「来てくれて嬉《うれ》しいですよ」

二人は気さくにオレに手を差し出す。オレは慌てて右手を差し出し、彼らと握手《あくしゅ》を交《か》わす。

「翔一郎がお世話になってます。彼の幼馴染《おさななじみ》の安藤昌人です」

「昌人は、昔からすごいグルメなんですよ」

翔一郎が言い、二人は楽しげに笑う。

「それじゃあ、翔一郎はもっと修業をしなくちゃいけないな」

「あなたのためにもしごきますからね」

二人は言い、テーブルの脇《わき》に立ったまま、親しげにいろいろな話をしてくれた。その後、グランパティシエはオレに新しいデザートを一口ずつ試食させてくれたりして……なんだかすごくいい雰囲気だった。オレはその楽しい時間に陶然《とうぜん》とし、そしてあんなに小さかった翔一郎がしっかりと努力をし、技術を磨《みが》き続けてきたことを知ったんだ。

……ああ、この店は名店の名に相応《ふさわ》しい、素晴らしい店だ。

オレは彼らと話しながら、心から思った。

……この店の取材を、正式にすることができたら、どんなに嬉しいだろう……。

徳田翔一郎

……昌人に、俺のデザートを食べてもらえるなんて。

俺は、胸が熱くなるような幸せを感じながら思う。

……本当に、夢みたいだ。

俺は完璧《かんぺき》にできあがったフォンダン・ショコラの皿を持ち、店内を横切って進む。

「ホントに綺麗《きれい》な人ですよねぇ。ショウイチロウさんが夢中になるのよくわかるなぁ」

ギャルソンがうっとりした声で話しかけてくる。

「言っておくけど、昌人は俺のものだからね」

振《ふ》り返って言うと、ギャルソンはくすくす笑う。

「わかってますってば。頑張《がんば》ってください」

中庭に面した奥から二番目のテーブルで、昌人がシャンパンを飲んでいるのが見える。

白くてしなやかな指が、バカラのシャンパンフルートを優雅に支えている。

柔《やわ》らかそうな唇が、グラスに軽く押しつけられる。

彼は憂《うれ》いを帯びた顔でゆっくりとグラスを傾《かたむ》け、シャンパンを飲む。

コクリ、と動く白い頸《くび》があまりにも色っぽくて、俺は気が遠くなりそうだ。

「お腹はいっぱいになった？」

話しかけると、昌人はギクリと肩《かた》を震《ふる》わせて、慌てて目を上げる。俺がこんなに近くに来るまで気づいてくれない彼が、少し憎《にく》らしい。

「ああ……だいぶ満足したかも。でもメインの量が控えめだったからデザートの余地はある」

彼はまだ呆然《ぼうぜん》とした声で言う。ギャルソンが微笑みながら、テーブルの上の空の皿とパンの籠、カトラリーとスティディッシュを素早く片づける。エスプレッソのカップを置き、俺に目配せをして素早く歩み去る。

「俺の読みは正しかったな。あなたにフルコースを出したら、デザートまでにお腹がいっぱいになってしまう」

俺は言いながら、テーブルクロスの上にそっと皿を置く。

「『フォンダン・ショコラ　自家製アイスクリームとともに』でございます」

皿の上に載《の》っているのは、俺の渾身《こんしん》のフォンダン・ショコラと、この店自慢《じまん》のヴァニラアイスクリーム。もちろんこっちも俺の作だ。

「グランパティシエに許可を得て俺が作ったんだ。どうぞごゆっくりお楽しみください」

俺は言って会釈《えしやく》をする。それから、彼の紅茶色の瞳《ひとみ》を見つめる。

「あなたのために作った。気に入ってもらえると嬉しいんだけど」

心をこめて言うと、彼の美しい瞳に、微《かす》かに優《やさ》しい光がよぎった気がした。

俺は思わず微笑《ほほえ》んで、それから彼がデザートを楽しむのを邪魔《じゃま》しないように踵《きびす》を返す。

……ああ、彼が俺のデザートを気に入ってくれるといいんだけど。

俺は思いながら、ディナーの支度《したく》で大わらわの厨房《ちゅうぼう》に戻《もど》る。手伝うことはないかな、と見回した時、奥の作業台で盛り付けをしていた鮎川さんが手招きをしているのに気づく。

「なんですか？」

「彼が見えるよ。彼がおまえのデザートを堪能《たんのう》するところを、こっそり盗《ぬす》み見すれば？」

囁《ささや》いてイタズラっぽく笑い、盛り付けが終わった皿を持って歩み去る。本当かな、と思いながら中庭の木々を透《す》かし見ると……昌人さんが座っているテーブルと、それにいつもオーナーが座っているテーブルが見えた。鮎川さんが恋人《こいびと》の姿をここから見てるんだな、と気づいて微笑ましい気分になる。

……うらやましいなあ。俺たちもあんなふうに熱烈《ねつれつ》なカップルになれればいいな。

俺は忙《いそが》しそうなフリで調理台を片づけながら、そっと中庭の方を見る。

木々の間に見える昌人さんは、ほっそりとして、とても麗《うるわ》しい。彼が俺のデザートを食べてくれるところを見られたら、とても嬉しいな、と思う。

……けど。

彼は、まだフォンダン・ショコラを食べていなかった。何かを考えるようにフォンダン・ショコラを見つめ、それから急に落ち着かなげに周囲を見回す。

……どうしたんだろう？

彼は、膝《ひざ》の上の布ナプキンの下から、おもむろに携帯《けいたい》電話のようなものを取り出す。

……あれは……彼が持っていた小型のデジタルカメラ？

それは、俺の部屋でガレットを撮影《さつえい》していたのと同じ、彼のデジタルカメラだった。液晶《えきしょう》画面の青い光が見え、彼がカメラを構えたのが解《わか》る。

……また記念撮影？　それとも取材？

俺は微笑ましく思いながら、その様子を見つめる。

……まったく、仕事熱心なんだから……。

俺は思うけれど、彼の横顔が妙《みょう》にこわばっていることに気づく。

……また、あんなつらそうな顔。いったい、どうしたっていうんだろう？

レストランで料理の撮影をするのはあまり褒《ほ》められたことじゃない。だけど、マスコミならともかく、観光客である彼が記念に撮影をしていても、誰《だれ》もとがめたりはしないだろう。

……どうして、あんなに思いつめた顔をするんだろう……？

オレは彼の横顔を見ながら思う。

……まるで、とても後ろめたいことをしているみたいじゃないか。

安藤昌人

閉店後。オレと翔一郎は一緒《いっしょ》に部屋に帰った。

オレは先に風呂《ふろ》を借り（ものすごく豪華《ごうか》なバスルームだった）、翔一郎から借りた大きめのパジャマを着て、リビングのソファでくつろいでいた。

「どうぞ」

後ろから差し出されたのは、クリスタルのワイングラス。見上げると、そこにはパジャマを着て頭にタオルを被《かぶ》った翔一郎の姿があった。

……う……っ。

「昔、シードルがとても好きだったでしょう？　だから買っておいた。あの頃《ころ》みたいなソフトドリンクじゃなくてこれが本物だよ」

白い歯を出してにっこりと微笑まれて、心臓がドクンと跳《は》ね上がる。

店ではきちんと整えられていた髪《かみ》が濡《ぬ》れて、額に貼《は》り付いている。

開いたパジャマの襟元《えりもと》から覗《のぞ》く、逞《たくま》しい鎖骨《さこつ》。

陽《ひ》に灼《や》けた肌《はだ》を、水滴《すいてき》がゆっくりと伝う。

……うわ、風呂上がりのこいつ、やたらとセクシーだ。

「後ろから急に来るなよ！　びっくりするだろ？」

見とれそうだったオレは、グラスを奪《うば》い取る。照れ隠《かく》しにそれをごくんと飲み……。

「うわ、美味《うま》い！」

思わず叫《さけ》んでしまう。

シードルっていうのはリンゴの果汁《かじゅう》を発酵《はっこう》させて作った発泡酒《はっぽうしゅ》。日本でも同じ名前のノンアルコールのリンゴの清涼《せいりょう》飲料水が、瓶詰《びんづ》めにして売られている。オレはその味が気に入ってよく飲んでいたんだけど……本来はシードルというのはこの発泡酒のことだ。

「あまり甘くなくて、でもリンゴの香《かお》りがすごい」

「でしょう？」

翔一郎が、オレの隣《となり》に座りながら、自分もシードルのグラスを傾ける。

「気に入ってもらえてよかった。ミラノ郊外《こうがい》では自家製のシードルを造っている家がけっこうあるんだ。その中で一番気に入っている農家の自家製シードル」

「美味いよ。あと……おまえが作ったフォンダン・ショコラ、めちゃくちゃ美味だった」

「本当に？」

目を輝《かがや》かせる翔一郎に、オレはうなずいてやる。

「チョコレートの味は濃厚《のうこう》なんだけど、外側がサクサクした食感だったからすごく食べやすかった。中はチョコレートがトロットロで、めちゃくちゃ薫《かお》り高くて、大人っぽい苦味があって……自家製の濃厚なヴァニラアイスクリームと混ざると、もう失神しそうに美味だった」

「ヴァニラアイスクリームも、俺の担当だったんだ。フォンダン・ショコラは昌人のためのオリジナルだけど、あれはお店の定番だよ」

「本当に、めちゃくちゃ美味だった。忘れられない」

オレは、あの濃厚だったデザートの味を思い出しながらうっとりしてしまう。翔一郎はローテーブルにグラスを置き、なんだか妙に真剣《しんけん》な顔でオレの顔を覗き込んでくる。

「もちろん、また来て。店のメンバーもぜひって言ってくれてたし」

「本当か？」

オレは信じられない気持ちで言う。

「もちろん」

翔一郎はにっこり笑いながらうなずき、それから、

「俺が頑張《がんば》れたのは、昌人のおかげだよ。だって立派なオトナになって昌人に振《ふ》り向いてもらいたいってずっと思っていたから」

「……え？……あっ！」

彼の手が、ふいにオレの手からグラスを奪ってローテーブルに置く。

驚《おど》いている間に、彼の腕《うで》がオレの身体《からだ》を引き寄せた。そのままキュッと抱《だ》きしめられてオレは呆然とする。

……これって……。

「来てくれたってことは、昌人もオレのことを嫌《きら》いじゃないってことだよね？」

その言葉に、オレは思わず青ざめる。

……もしかして……？

「もしかして……六年前の約束をまだ覚えてるのか？」

恐《おそ》る恐る聞くと、彼はオレの身体をさらに強く抱きしめる。

「当然だろ？　一日だって忘れたことはなかったよ」

その言葉が、俺の良心をズキリと痛ませる。

「おまえはすっかり色男に育ってたし、だからてっきり恋人がいるんだと……」

オレが思わず呟《つぶや》くと、彼はふいに腕を緩《ゆる》めて顔を覗き込んでくる。

「ミラノに着いてからずっと不機嫌《ふきげん》だったのは、そう思って嫉妬《しっと》してくれたせい？」

……オレの様子がおかしいことに、こいつも気づいてたんだ……。

「もしも俺に、あなた以外の恋人がいたら嫌《いや》？」

あまりにも真《ま》っ直《す》ぐな視線で見つめられて、自分がひどく薄汚《うすよご》れているように感じる。

……オレは、おまえのことを騙《だま》してるんだぞ……？

「昌人。俺、六年間で少し大人になった。だから、あなたが俺のことを愛してくれてるだろうなんて都合のいいことは考えてない」

「……え？」

妙に大人びた顔で言われて、オレは面食《めんく》らってしまう。

「ただ……少しでも希望があるのかどうかを知りたいんだ」

「……あ……」

低い声で言われて、心臓が跳ね上がる。

「俺はずっとあなたを愛してた。あなたと離《はな》れて、あなたをどんなに愛していたかを、嫌というほど思い知った」

彼は言って、覚悟《かくご》を決めたような顔でオレを見つめてくる。

「俺、あなたに振られたあの瞬間《しゅんかん》に、心の中のどこかが壊《こわ》れてしまった気がしているんだ」

「え？」

「あなたを手に入れるためなら、どんなことでもしそうだ」

大型犬みたいに人懐《ひとなつ》こい、としか思っていなかった翔一郎。だけどその漆黒《しっこく》の瞳《ひとみ》の奥にチラチラと燃える欲望の炎《ほのお》が見えた気がして、オレは柄《がら》にもなく少し怖《こわ》くなる。

「どんなことでもって……？」

言ったオレの声は怯《おび》えたようにかすれていた。翔一郎は大きな手でオレの頬《ほお》に触《ふ》れて、

「どんなことでも、だよ。できればあなたを怯えさせるようなことはしたくないけど」

間近で見る彼の顔は、本当に見とれてしまうほどに端整《たんせい》。そしてその瞳の奥には……たしかに何かの火が燃えている。

……こいつもしかして、最初から大型犬なんかじゃなかったのかも……。

オレは見つめられながら、呆然《ぼうぜん》と思っていた。

……まだ育ちきっていない狼《おおかみ》の子供で、今は彼の本当の姿が見えているのかも……。

「昌人。あなたもちゃんと六年前の約束を覚えていたんだよね？」

翔一郎の目がかすかにすがめられ、なんだかすごく獰猛《どうもう》に見える。

「だから俺に会いにミラノに来た。そうだよね？」

「……あ……」

思わず口ごもるオレを、翔一郎の煌《きら》めく瞳が真っ直ぐに射すくめる。

「そうだと言って。俺を怒《おこ》らせないで欲しい。俺はあまりにも長くあなたを待ちすぎて、『違《ちが》う』なんて言われたら自分でもどうなるかわからない」

俺の背中を、ぞくん、と何かが走り抜《ぬ》けた。それは怯えにも似た、だけど妙《みょう》に甘い……。

「愛してる、昌人。……まだ、愛してるなんて言わなくていい。せめて、俺にも希望があると言って欲しいんだ」

「……翔一郎……」

「俺が嫌い？　正直に言って」

「……き……」

……おまえのことなんか嫌いだ、だからもう日本に帰る、そう言えたらどんなに楽か。

でも、オレには副編集長としての責任があり、オレの肩《かた》には、ずっと大切に作ってきたあの雑誌の存続がかかっていて。

「……嫌いじゃ、ない……」

オレの唇《くちびる》から、かすれた声が漏《も》れた。

「……おまえのこと、嫌いになれるわけないだろ……？」

それはオレの、正直な気持ちだった。

オレは物心ついた時から翔一郎と一緒《いっしょ》だったし、ずっとずっと大切に思ってきた。別れている間だって、彼のことを忘れたことはなかったし。

だけど今のオレは、この気持ちが恋愛《れんあい》感情なのかどうかなんて、考えることもできない。

翔一郎は想像を超《こ》えるほど大人になって遠い存在に感じられるし、しかも今のオレは彼を騙している立場で……。

「それは……俺にも希望が持てるってことだよね？」

翔一郎の両手がオレの頬をそっと包み込む。

「俺、あなたに相応《ふさわ》しい男になれるように努力する。そして全身全霊《ぜんれい》であなたのことを大切にする。そうしたら……いつかあなたは俺を振り向いてくれるかもしれない」

自信満々に聞こえそうなその言葉。だけどその口調はとてもつらそうに聞こえる。

……こいつは、本当にオレのことが好きなのか……。

オレの心が罪悪感に痛んだ。

……オレは、こいつみたいに真っ直ぐで純粋《じゅんすい》なヤツには相応しくないのに……。

「キス、してもいい？」

至近距離《きょり》から見つめられ、囁《ささや》かれて、オレはハッと我に返る。

「……え……？」

「キスしたい。いいね？」

彼の目は、強気な言葉とは裏腹に、今にも泣いてしまいそうなほど苦しげだった。

……ああ、そんな顔をされたら……。

彼を大切に守り、ずっと弟みたいに可愛《かわい》がっていたオレは、彼にこんな顔をされるのが一番つらいんだ。

……嫌なんて言えるわけがないじゃないか……！

「……い……」

オレの唇から、勝手に言葉が漏れた。

「……いい、よ……」

オレの言葉が終わらないうちに、オレの唇に、彼の唇が重なってきた。

「……ん……っ」

あの時と同じ、見た目よりも柔《やわ》らかな唇。彼の唇はオレの唇を包み込み、チュッという音を立てて軽く吸い上げ、そして柔らかな舌でオレの唇を愛撫《あいぶ》し……。

「……ンン……！」

乱暴に重なってきただけだったあの時のキスとは比べ物にならないほど……今の彼のキスはとんでもなく濃厚《のうこう》で……。

「……んん……あ……っ」

彼の指先が、あやすようにオレの耳たぶをくすぐってくる。

「……く……っ」

その刺激《しげき》に、緊張《きんちょう》に食いしばっていた顎《あご》から力が抜けてしまう。

「……うく……っ」

力の抜けた歯列の間から、彼の濡《ぬ》れた舌が口腔《こうこう》に滑《すべ》り込んでくる。

「……んん……っ」

強引《ごういん》な舌に口腔を探《さぐ》られ、舌が絡《から》め取られる。

彼の手がオレの身体《からだ》を滑り下り、逃《に》がさない、とでもいうようにオレの腰《こし》を引き寄せる。

「……ん、く……っ」

オレの両手が上がり、彼の綿シャツの布地をキュッと握《にぎ》りしめてしまう。

オレの鼻腔《びこう》を、ふわりと芳《かんば》しい香《かお》りがくすぐった。

「……ンン……」

彼は料理を作る人間らしく、コロンの類《たぐい》を一切《いっさい》つけない。あの頃《ころ》から整髪料《せいはつりょう》もすべて無香料《むこうりょう》にしていたはず。だけど彼はいつでも不思議と芳しい香りがする。

とても爽《さわ》やかな搾《しぼ》りたての柑橘類《かんきつるい》の香りの奥に、ほんの少しのムスクが混ざる。それは感じるだけで頭の奥が痺《しび》れるようなとんでもなくセクシーな香りで。

「……ンン……！」

彼の香りをきっかけにして、オレの脳裏《のうり》に、あの夜のことが鮮《あざ》やかに蘇《よみがえ》った。

あの夜、翔一郎はオレのことを……。

「……ン！」

舌を深く絡められ、チュッと音を立てて吸い上げられて、オレの身体に快感の電流が走る。

「……ん、んん……っ」

逞《たくま》しい腕《うで》にしっかりと腰を抱《だ》き寄せられ、唇を奪《うば》われて、オレはもう失神しそうだ。

……ああ、こいつはただの幼馴染《おさななじみ》だったはずなのに……！

「……う、んん……っ」

彼は、まるで貪《むさぼ》るようにオレの唇を深く深く奪ってくる。

オレは、その激しすぎるキスに、腰砕《こしくだ》けになるほどに感じてしまっている。

……ああ、なんてキスをするようになってしまったんだ？

身体をゾクゾクと震《ふる》わせる快感に、オレは少し怖《こわ》くなる。

……このままキスされてたら、おかしくなりそう……。

オレは、もうおしまいにしてくれ、という意味を込めて彼の胸に手を突《つ》き、キュッと押す。

彼はその仕草に気づいたのか、名残惜《なごりお》しげに唇を離《はな》す。

チュッと音を立てて二人の唇が離れ……だけどキスがとても深かったことを示すように、二人の唇の間を銀色の糸がつないでいた。

「……う……」

真っ赤になったオレの唇に、彼がもう一度キスをする。

それから顔を少しだけ離し、オレの目を間近に覗《のぞ》き込む。

「……目が潤《うる》んで、すごく色っぽい……」

セクシーな声で囁いて、チュッと仕上げのようなキス。

「……あなたとまたキスできるなんて……本当に夢みたいだ……」

額をコツンとつけて囁かれ、オレの良心がズキリと痛む。

「明日も、店に来てくれるね？」

「嬉《うれ》しいけど……本当に、そんなにしょっちゅう行ってもいいのかよ？」

「いいよ。あなたのためのメニューは数え切れないほどある。毎晩来てくれていいよ」

囁いて、今度は額にキス。

「俺、明日は休みが取れなかったから、朝から行って仕込みをしなきゃ。本当はお店をサボってずっと二人でいたいけれど」

「せっかくスー・パティシエになれたのに。そんなことしたら絶交だぞ？」

俺が囁くと、彼は白い歯を見せて笑う。

「それならちゃんと働かなくちゃね。……ベッドに案内するよ」

彼はオレの手を取って立ち上がらせてくれる。けど、オレはなぜか膝《ひざ》に全然力が入らず、よろめいてしまう。

「……あ……っ」

転びそうになったオレの身体を彼の腕がしっかりと支え、そのままふわりと抱き上げた。

「キスだけで腰砕けなんだ？　昌人、めちゃくちゃ可愛い」

……ちょっと待て、なんだこれ？

オレは、あまりのことに抵抗《ていこう》も忘れる。

……あのチビな犬みたいだった翔一郎が、オレを、お姫様《ひめさま》だっこしてる……？

呆然《ぼうぜん》としてしまうオレを抱いたまま、彼はリビングを横切る。

「ここが寝室《しんしつ》だよ」

言いながら肩でドアを押し開ける。オレは部屋の中に目をやり……。

「うわ!」

思わず声を上げてしまう。

「すっごい!」

寝室は二十畳《じょう》くらいありそうな広い空間だった。

窓から差し込む月明かりで、部屋の中はぼんやりと照らされている。

壁際《かべぎわ》には、たくさんの本が置かれた天井《てんじょう》まである本棚《ほんだな》。そして、キングサイズのベッド。重厚な木材のヘッドボードが、アンティークっぽい雰囲気《ふんいき》。ベッドサイドの両側にはヘッドボードとよく合った小テーブルがあり、スタンドが置かれている。

ごくごくシンプルな部屋だけど、この部屋には特徴《とくちょう》があって……。

「ものすごい夜景!」

寝室の向こう側に大きく取られた窓からは、煌《きら》めくミラノの夜景が一望にできたんだ。

「うわ、ドゥオーモとガッレリアが、こんなに見事に見えるなんて!」

ドゥオーモというのは市内にそびえるゴシック建築の壮麗《そうれい》な礼拝堂。美しいガラス張りのアーチ形天井を持つガッレリアと並んで、ミラノの名所になっている。

「すごい!」

「気に入った?」

彼は囁《ささや》きながら、オレの身体をそっとベッドの上に座らせる。

「もちろん！　おまえ、本当にすごいところに住んでるよなあ！」

「気に入ってもらえてよかった。ここがあなたのベッドだよ」

囁いて、そのままそっと両肩《りょうかた》を摑《つか》まれる。驚《おどろ》いている間にシーツの上に押し倒《たお》され、両肩をしっかりと押さえつけられていた。

「……あ……っ」

あの夜のことを思い出して、オレは息を呑《の》んでしまう。

彼の手は大きく、力強く、その瞳《ひとみ》は獰猛《どうもう》。きっと本気になられたら抵抗できない。

「ちょっと待て。オレにベッドを貸してくれるなら、おまえはソファに寝《ね》るんだろ？」

「そんな憎《にく》らしいことを言うなんて。もしかして、お仕置きされたいの？」

月明かりに照らされた彼の顔はうっとりするほどハンサム。その声は低くてセクシー。

見下ろされたら、鼓動《こどう》がどんどん速くなる。

……ああ、もしもこいつが弟同然の男じゃなかったら……もしも仕事のしがらみなんかなかったら……。

オレは、思わず彼の顔に見とれてしまいながら思う。

……もしかしてオレ、生まれて初めて、最後まで許しちゃったかも……？

……でも……。

オレの脳裏を、翔一郎の両親の顔がふいによぎった。いつも「翔一郎をよろしくね」と言われていたことも。

……そんなオレが、こんなに純粋《じゅんすい》な彼を、悪い道に引きずり込んでいいわけがなくて……。

「そんなに怯《おび》えた顔をしないで」

翔一郎は囁いて顔を下ろし、オレの額にそっとキスをする。

「無理やりに奪ったりはしないよ。本当は奪いたいのは山々だけど」

間近に見下ろされて、心とはうらはらに、鼓動が速くなる。

「でも……我慢《がまん》がきかなかったせいで、あなたに六年も会えなかったんだ。俺、うんと反省した。だから……」

彼は囁いて、唇《くちびる》を滑《すべ》らせてオレの耳たぶに、チュッと音を立ててキスをする。

「あなたが許してくれるまで、ちゃんと我慢するよ」

耳に吹《ふ》き込むようにして囁かれて、身体《からだ》に不思議な電流が走る。

「……あ……っ」

彼の身体の下で、オレの身体が、ヒク、と震える。

「昌人、色っぽい声」

翔一郎の囁きが耳元の産毛《うぶげ》をくすぐり……ざわ、と甘い疼《うず》きが背筋を走る。

「……ん……っ」

「もしもあなたがうなずいてくれたら、今すぐにあなたを奪う」

彼の唇が、オレの耳たぶをそっと含む《ふく》む。誘惑《ゆうわく》するようにチュッと吸い上げられて、脚《あし》の間に熱が凝集《ぎょうしゅう》してきてしまう。

「あなたを奪《うば》いたい」

……ああ、ダメなのに……。

……それにオレ、どんなハンサムの前でも、発情したことなんかなかったのに……。

鼓動が速い。身体が熱い。

……オレ、発情しそうだ……。

「愛してる、昌人。……抱《だ》きたい」

「……あ……っ」

オレの欲望が、その囁きだけで硬《かた》くなってくる。

……ああ、どうしよう、オレ……。

「いいと言って。……いい？」

ふわりと漂《ただよ》う彼の香《かお》りが、鼻腔《びこう》をくすぐる。芳《かんば》しすぎるその香りは、今は少しだけムスクが強く感じられて……なんだかめちゃくちゃセクシーで……。

……ああ、いいって言ってしまいたい……。

オレの理性がかすみそうになった時、ふいに自分が今何をしているのかを思い出す。

……オレはここに遊びにきたんじゃない。

……オレはここに、仕事をするためにきたんだ。彼を騙《だま》し、利用するために……。

思ったら、甘い気持ちがフッと四散する。オレの熱がスウッと冷める。

……いけない、オレ、うなずきそうになってしまった……。

「重い。のしかかられてたら眠《ねむ》れない」

オレの唇から漏《も》れたのは、不思議なほど冷たい声だった。

「……あ……」

翔一郎が驚いたように言い、オレの上からそっとどく。

「おまえ、明日も早いんだろ？　さっさと寝ろよ」

「うん」

翔一郎はうなずき、それから少し苦しげに微笑《ほほえ》む。

「ごめん、俺、焦《あせ》りすぎた」

「いいよ。さっさと寝ろ。……おやすみ」

オレは窓の方に寝返《ねがえ》りを打ち、彼に背中を向ける。

「おやすみ、昌人」

背中で聞く、翔一郎のどこか悲しげな声。

……ああ、昔みたいに抱き合って眠れたら、どんなにいいだろう……？

＊

翔一郎が寝てしまった後。

オレはそっとベッドを抜《ぬ》け出し、リビングでモバイルコンピューターを開いていた。店でメモしたことを見ながら、それを打ち込んでいく。

グランシェフもスー・シェフたちもとても親切で、しかもとてもためになることを言ってくれていたことに、オレはさらに良心の呵責《かしゃく》を感じていた。

……こんなことをするのは、きっととてもよくないことだ……。

オレはため息をつきながら思う。

……オレは、本気で翔一郎を裏切っているんだなあ。

書き終わったメモのファイルを保存し、そして別の書きかけの原稿《げんこう》のファイルを開く。

『銀座《ぎんざ》の頂点を極《きわ》める　〜至宝の和〜』

『食の現場から　職人（アルチザン）の世界をのぞく』

『裏路地探訪　洋食の美学』

「エレガント・リストランテ　東西のベストインテリア30』

『悦楽《えつらく》の時間　ドルチェとシャンパンの蜜月《みつげつ》』

これらはオレがすべて『MD』で担当しているコーナー。日本中を走り回ってたくさんの人に取材をし、撮影《さつえい》とインタビューを終え、心を込めて記事を書き起こしている最中のものだ。

オレは画像ファイルも開き、カメラマンが送ってくれた見本の写真を表示させる。

それを見返すオレの脳裏《のうり》を、取材と撮影で行ったたくさんの店がよぎる。

世界に誇《ほこ》れる有名店もあれば、オープンしたての新進気鋭《きえい》の店もあった。

写真に写っているシェフや、パティシエや、ソムリエたちの表情には揃《そろ》ってプロフェッショナルとしての誇りが感じられる。

……『リストランテ・ラ・ベランダ・ミラノ』で見た、翔一郎と同じ表情だ。

……凛々《りり》しい、とてもいい顔だ。

「絶対にミシュランで三ツ星を獲《と》るから」と自信満々に語ってくれた有名店のグランシェフ。

「取材のおかげでお客さんが増えたんです」と喜んでくれた、日本一美味《おい》しいハヤシライスを出す小さな洋食屋のシェフ。

「自分が載《の》った本を宝物にして頑張《がんば》ります」と言ってくれた、才能に溢《あふ》れるまだ若い見習いパティシエ。

オレはずっと、翔一郎の才能がうらやましかった。本当なら自分も何かを作り出したかったけれど……自分には創作の才能も、美的センスもないことはずっと前から解《わか》っていた。

だからせめて、物を作り出す人のことを世の中に知らしめたい、美味しいものを食べた時の悦楽や、店を見つける楽しみを記事にして伝えてみたい……と思ったんだ。

とても微力《びりょく》なことは解っているけれど、記事にすることが、創作する人々の助けや、読者の喜びになるならば、それがオレの幸せなんだと思ってきた。

全身全霊《ぜんれい》をかけて携《たずさ》わってきた『MD』は、この数年間のオレのすべてだと言ってもいい。

……なのに……オレには、大切にしてきた『MD』を守ることすらできないのか……？

毎号楽しみにしています、と書かれた読者からのアンケートハガキ、そして、『MD』に載るのが夢だったんです、と語ってくれたシェフたちの笑顔《えがお》が脳裏をよぎる。

……『MD』がこんな状況《じょうきょう》に陥《おち》ったのは、もとはといえばオレの実力不足だ。もしもオレに飛びぬけたセンスがあれば、きっとこんなことになる前に『MD』は……。

翔一郎と再会したことで刺激《しげき》されていた劣等感《れっとうかん》が、さらに大きくなってオレを押しつぶそうとする。

……あんなに煌《きら》めいている翔一郎に比べて、オレは本当に無力で……。

「……くそ、今夜はもう無理だ……」

オレは呟《つぶや》いてファイルを保存し、コンピューターの電源を切る。そして翔一郎を起こさないように気をつけながら、そっとベッドに戻《もど》った。

そして、とても久しぶりに感じる彼の香りに包まれて……あの夜の夢を見てしまったんだ。

＊

「昌人が好きなんだ」

六年前。大学生だったオレに、高校生だった翔一郎はいきなり告白してきた。

「もう昌人のことしか目に入らない」

その頃《ころ》のオレは、自分がゲイであることをすでに自覚していた。そして翔一郎が急に大人びてきたことにも、そして彼を見るだけで鼓動《こどう》が速くなることにも気づいていた。

だから、ずっと、彼のことを避《さ》けていたのに……。

大学二年生になったオレは、親に頼《たの》み込んで大学の近くにアパートを借り、一人暮らしを始めようとしていた。埼玉《さいたま》にある実家から都下にある大学まで電車で四十五分。全然通えない距離《きょり》じゃなかったけど、オレは翔一郎にどんどん惹《ひ》かれてしまいそうな自分が怖《こわ》くなっていた。

大学の一年までは彼と一緒《いっしょ》に厨房《ちゅうぼう》に入り、彼のお菓子《かし》修業《しゅぎょう》に付き合ってやったりしていた。

でもそのことを、オレは少し後悔《こうかい》していた。

もちろん最初は、可愛《かわい》い幼馴染が将来のための修業をするのを応援《おうえん》したかった。でも、彼が真剣《しんけん》な顔でお菓子に取り組むのを見ていると、身体《からだ》の奥で何かが疼《うず》くのを感じた。彼の引き締《し》まった横顔や、その美しい手や、煌めく瞳《ひとみ》に、オレははっきり言って発情したんだと思う。

それを自覚してからのオレは厨房に行くのをピタリとやめた。平日の夜はとても遅《おそ》く帰るようになったし、土日は悪友たちと待ち合わせて朝から晩までどこかに出かけた。

ここまでしても、彼は隣《となり》の家に住んでいる。だから翔一郎と会うことはどうしても避けられなかったけれど……彼と会うのはほかの人間がいる時間にした。

オレは、翔一郎と二人きりになることを徹底《てってい》的に避けていた。

可愛い弟みたいだった翔一郎は、それくらい用心しなきゃ惚《ほ》れてしまいそうなほど、美しい男に成長しかかっていたんだ。

その日。翔一郎の家族は旅行に出かけていた。彼の家では猫《ねこ》を飼っていて、オレは翔一郎の母親から、猫の餌《えさ》やりを頼まれてしまった。

オレはしぶしぶ翔一郎の家に行き……そして、いるはずのなかった翔一郎につかまってしまったんだ。

徳田翔一郎

とても久しぶりに感じる、昌人の体温と甘い香《かお》り。

無理やりに奪《うば》った、その柔《やわ》らかな唇《くちびる》。

俺は彼を抱《だ》いてしまいたいという欲望と必死で戦い……そしてやっとのことで眠《ねむ》りに落ちることができた。

そして……あの夜の夢を見てしまったんだ。

＊

その日。俺は、両親と共に母親の実家に旅行に行く予定になっていた。

だけど、飼っていた猫の世話を昌人に頼んだと聞いて……旅行に行くことをやめた。

昌人はなぜか俺を避け続け、一人暮らしをすると言い出していた。もしもそうなったら、さらに会うのは難しくなる。俺は、昌人ときちんと話をする最後のチャンスだと思った。

台所で猫に餌をあげていた昌人は、俺の姿を見ると不自然なほど驚《おどろ》いた顔で後ずさった。そして物も言わずに逃《に》げ去ろうとした。

「昌人、逃げないで」

俺は言って、彼の手をしっかりと摑《つか》んだ。とても久しぶりに触《ふ》れる彼の手の滑《なめ》らかな冷たさに、鼓動が速くなるのを感じた。

「どうして避けるの？　きちんと話をしたいんだ」

俺が言うと、昌人はとても苦しげな顔をして……それから何かの覚悟《かくご》を決めたかのようにうなずいた。

「……わかったよ」

昌人はそう言って、自分の部屋に向かう俺についてきた。

二人きりになれると思っただけで、壊《こわ》れそうに鼓動が速くなるのを感じた。

少し前までは、昌人と一緒にいることはもちろん、風呂《ふろ》に入ることだって平気だった。

だけど、ちょうど身長が伸《の》び始め、身体が変化し始めた頃から……昌人のことばかりを考えている自分に気づいた。

風呂で昌人の裸《はだか》を見ると、俺はドキドキするようになった。

意識することのなかった彼の肌《はだ》の滑らかな白さに、気づいてしまった。

その身体のラインがどんなにしなやかで、見とれるほどに美しいかも。

女性とはまったく違《ちが》う、凜々しい肩《かた》のライン。

なだらかな胸、細いウエスト、華奢《きゃしゃ》な腰《こし》。

キュッと上がった可愛らしい尻《しり》と、すらりと伸びた美しい脚《あし》。

乳首《ちくび》が薄《うす》いピンク色で、ボディーソープの泡《あわ》から覗《のぞ》く中心が無垢《むく》な淡《あわ》い色をしていることに気づいた夜……俺は、裸の昌人を抱きしめる夢を見て射精してしまった。

その夜以来、俺は昌人と一緒に風呂に入ることができなくなった。

彼は兄代わりの人なんだ、と言い聞かせて必死で自慰《じい》は我慢《がまん》したけれど、彼の夢を見ることは止められなかった。俺は何度も何度も彼の夢を見て、そのたびに下着を濡《ぬ》らした。

俺は必死で自分の気持ちを隠《かく》していたけれど、もしかしたら昌人は俺の劣情《れつじょう》に気づいていたのかもしれない。

その頃から彼は俺を避け始め、そして一人暮らしをしたいと言い出して……。

「やっぱオレ、帰るわ」

部屋に入った昌人は、いきなり踵《きびす》を返して逃げようとした。俺はとっさに彼の二の腕《うで》を摑み、その華奢な感触《かんしょく》に心が揺《ゆ》れるのを感じた。

「……あ……っ」

驚いた顔で見上げてきた昌人の紅茶色の瞳は、とても色っぽく潤《うる》んでいるように見えた。

まるで誘惑《ゆうわく》でもするかのようなその視線に、俺は思わず彼を抱きしめてしまった。

「……翔一郎……！」

怯《おび》えたような声を漏《も》らす彼の唇を、俺は何もかも忘れて奪った。

「……んん……っ！」

彼の唇はまるでデザートのように甘く、とろりと蕩《とろ》けそうなほどに柔らかかった。

彼の唇を獣《けもの》のように貪《むさぼ》り、そして湧《わ》き上がる欲望に耐《た》え切れず、彼の身体をそのままベッドに押し倒《たお》した。

「くうっ、やめ……っ！」

昌人は言い、怯えたように抵抗《ていこう》したけれど、俺は彼の両手を摑み、右手でシーツの上に押さえつけた。

自分がいつの間にか育ち、ずっと兄のようだと思っていた昌人のことをこんなに簡単に押さえつけられるようになったことに、俺は驚いていた。

そして自分の下で愛《いと》おしい彼が身を捩《ね》じらせる感覚に……我を忘れた。

彼の両手をシーツの上に押さえつけたまま、空いている方の手で、彼の乳首を探《さぐ》った。

シャツの下の彼の乳首はツンと尖《とが》り、まるで誘《さそ》っているかのような淫《みだ》らな感触を指先に伝えてきた。俺はその小さな乳首を、シャツごと摘《つま》み上げてしまった。

「……んん……っ！」

昌人の声は苦しげで……だけどその奥に隠し切れない甘さを含《ふく》んでいた。

「……やめろ、翔一郎……っ！」

彼は身を捩じらせて抵抗したけれど、俺はもう自分を止めることができなかった。

顔を下ろし、シャツの布地ごと彼の乳首を口に含む。そのまま甘噛《あまが》みし、もう片方の乳首を指先で揉《も》みこむと……彼の身体が、キュウッと切なげに反り返った。

「……ああ……っ！」

彼の唇から漏れた声には、たしかに深い悦《よろこ》びがあった。

「こんなところが感じるの？　イケナイ人なんだな」

俺は嗜虐《しぎゃく》的な気持ちになりながら囁《ささや》き、彼の両方の乳首をたっぷりと愛撫《あいぶ》する。

「……く、くう……っ！」

彼の腰が、俺の身体《からだ》の下で、ヒク、と跳《は》ね上がった。一瞬《いっしゅん》だけ触れた彼の脚《あし》の間の部分に何かが硬《かた》く反り返っていたのを感じて、俺はあまりの欲望に思わず息を呑《の》んだ。

「昌人。もしかして勃《た》ってるの？」

「違う！　離《はな》せ！」

俺は空いている方の手で、彼のジーンズの前立てのボタンを外し、ファスナーを開く。

「ちょっと待て！　シャレにならない！　やめろよっ！」

彼は必死で抵抗しながら叫《さけ》ぶ。だけど……。

「うあ……っ！」

俺が下着の中に手を滑《すべ》り込ませると、驚いたように声を上げて身体を震《ふる》わせてしまう。

「……やめ、ああっ！」

初めて触れる彼の屹立《きつりつ》は、とてもしなやかで美しい形だった。それだけでなく熱く反り返り、まるで愛撫を待つように震えていた。

「胸に触《さわ》っただけで、こんなに硬くしてる。そんなに乳首が感じるんだ？」

俺は囁きながら、彼の屹立の側面をそっと扱《しご》き上げた。

「……やめ……ああ……っ！」

顔を下ろし、俺の唾液《だえき》で透《す》けたシャツごと、彼の乳首を舌で舐《な》め上げる。

「……ひ、うう……っ！」

彼の屹立が、俺の手の中で、ビクン！　と震えた。彼の先端《せんたん》からトロリと先走りの蜜《みつ》が溢《あふ》れたことに気づいて、俺は愛おしさに気が遠くなりそうだった。

「綺麗《きれい》だ、昌人」

俺は囁き、トロトロと蜜を垂らす彼の屹立を強く扱き上げた。

「……あ、ああっ！」

昌人の唇からたまらなげな喘《あえ》ぎが漏れ、その身体がキュウッと反り返る。

「あなたが、俺の手で感じてくれるなんて夢みたい」

「……ダメだ、離せ、翔一郎……っ！」

昌人の唇から、苦しげな、だけど蕩けそうに甘い声が漏れた。

「嫌《いや》だ。愛してるんだ、昌人」

俺は囁いて、ピンク色に透けている彼の乳首をチュッと強く吸い上げた。同時に濡れた屹立を激しく擦《こす》り上げて……。

「……ああーっ！」

昌人の全身に痙攣《けいれん》のような震えが走った。そして一瞬後、彼の先端から、ドクンッ！　と激しく欲望の蜜が迸《ほとばし》った。

「……いや、だ……っ！」

昌人は目を閉じ、自分がイッてしまったことが信じられないようにかぶりを振《ふ》った。

両手を拘束《こうそく》されたまま、震えながら蜜を放った彼は……目が眩《くら》みそうに美しく見えた。

「愛してるんだ、昌人」

俺は彼の両手を解放し、その身体を抱《だ》きしめようとして……。

昌人の紅茶色の瞳《ひとみ》が、いきなり野生の動物のように獰猛《どうもう》に煌《きら》めいた。そして彼の手が大きく上げられて……。

パン！

俺の頬《ほお》が、高い音を立てて鳴った。

俺は呆然《ぼうぜん》とし、それから自分が激しい平手打ちを食らわされたことにやっと気づく。

「おまえはオレを愛しているわけじゃない。こういうことに興味があっただけだろう?」

昌人の唇《くちびる》から、怒《いか》りに震える声が漏れた。

「もう二度とおまえとは会わない」

昌人の低い声と凍《こお》りつきそうな視線に、俺はその場から動けなくなる。

彼は濡れた下腹を拭《ぬぐ》うこともせず、苦しげな顔をしてジーンズのファスナーを上げ、前立てのボタンを留めた。

そして一瞬でも早くこの場を立ち去りたい、とでもいうように踵を返す。

「待って昌人!」

部屋を出て行こうとする彼の後ろ姿に、俺は必死に叫んだ。

俺の脳裏《のうり》には、俺をずっと見守ってくれていた昌人の優《やさ》しい横顔がよぎっていた。

彼が俺を愛していないわけがない、俺はその時、なぜか心の奥で確信していたんだ。

「いつか俺を愛してるって気づいたら、その時はあなたから俺に会いにきて欲しい」

昌人は一瞬だけ立ち止まり、そのまま何も答えずに部屋を出た。

彼はイエスとは言わなかった。だけど、ノーとも言わなかったんだ。

俺はそのことだけを心の支えにパティシエの勉強を続け、そして彼を振り向かせられるだけの実力を持った大人の男になるために、高校を卒業してすぐにイタリアに渡《わた》った。

そして……ずっとずっと彼の返答を待ち続けていたんだ。

安藤昌人

オレは、昨夜見た夢を思い出し、深いため息をついていた。

あの夜のオレは、まだ高校生の翔一郎の愛撫に感じ、甘い声を上げながら思い切り放ってしまったんだ。

身体はとんでもない快感に痺《しび》れていたけれど、オレの心は真っ暗だった。オレは自分がゲイであることをカミングアウトしたことはない。だけど身近にいる翔一郎はその鋭《するど》い感受性でオレがゲイであること、そして翔一郎にそういう興味を持ったことを見抜《みぬ》いてしまったんだろう。幼馴染《おさななじみ》をこんなふうにしてしまって彼のご両親に顔向けできないし、何よりもゲイであることは、パティシエを目指す彼の将来に暗い影《かげ》を落とすはず。

「いつか俺を愛してるって気づいたら、その時はあなたから俺に会いにきて欲しい」

オレは彼の言葉にうなずかずに部屋を出た。そして高校を卒業した彼がパティシエの修業のためにイタリアに行ってしまったのだと聞き……胸が痛むと同時にとてもホッとしていた。だって、これで、あの翔一郎の才能をつぶしたりしなくて済むんだと思ったから。

……どうしてイタリアに来てしまったんだろう？　あの約束を翔一郎が覚えているのなら、オレが『愛してるって気づいた』んだって解釈《かいしゃく》されても仕方がないじゃないか。

オレの落ち込みに対して、翔一郎は朝からとても楽しげだ。

「朝食は手製のクロワッサンで作ったハムとチーズのサンドイッチと、サラダにするね。あと昼食は野菜のシチューが冷蔵庫に入っているからあたためて食べて」

エスプレッソメーカーを手慣れた仕草で操作しながら、彼が言う。

「今日は八時に予約を取ったから。その時間に店に来て。ディナーを準備しておく」

「ちょっと待て。なんで勝手に決めてるんだよ？　オレはまだ行くとは……」

「来て欲しい」

翔一郎は言って、その漆黒《しっこく》の瞳でオレを見つめる。あの頃《ころ》と変わらない、正直すぎるその目線に、オレの良心がズキリと痛む。

「わ。わかったよ……」

オレが言うと、翔一郎は白い歯を見せて笑う。

「よかった。みんなも喜ぶよ。それから……昨日は出張中だったから来なかったけど、今日はオーナーのガラヴァーニさんが来るよ。オーナーがいなくてしょげていた鮎川さんもきっと元気になると思う」

「鮎川さん？　どうしてスー・シェフが……」

オレは言いかけて、ハッと気づく。

「もしかして、彼がガラヴァーニ氏の恋人《こいびと》っていうのは……本当のことなのか……？」

翔一郎は少し考え、それからゆっくりとうなずく。

「俺は昌人を心から信頼《しんらい》しているし、きっと二人を見ていればわかってしまうと思う。だからはっきり言っておくね。……あの二人は、本当に恋人同士なんだ」

オレはそこで、また大きな秘密を知ってしまったことに気づく。

……ああ……本当のことを言うのが、また難しくなってしまった。

＊

指定された時間に店に行ったオレは、イタリア人のものすごい美形が一番奥のテーブルに座っていることに気づく。そして前菜を持ってきた鮎川さんと、そこにいた美形が見つめ合っているところも目撃《もくげき》してしまった。

昨日はクールに見えた鮎川さんが、頬を染め、潤《うる》んだ目をしていて、本当に綺麗で。

……あれが、『リストランテ・ラ・ベランダ』グループのオーナーのガラヴァーニ氏。

オレは、なんだか胸が痛むのを感じた。

……みんな、仕事を頑張《がんば》っていて、そしてそれだけじゃなくて恋もしている。

……他人と比べるのが間違《まちが》っているのかもしれないけれど……オレって何もかも半端《はんぱ》だし、仕事も、もう辞《や》めなくちゃいけないかもしれない。

なんだか悲しくなったオレのところに、翔一郎がやってくる。それからオレの手を引いて立たせ、オーナーのテーブルまでつれていった。

「オーナー、紹介《しょうかい》します。彼は安藤昌人。ええと……」

翔一郎は恥《は》ずかしそうに言葉を切り、それから覚悟《かくご》を決めたような顔で言う。

「俺の、好きな人です」

彼の言葉に、オレの胸はズキリと痛む。

……六年前、あんなひどい言葉をかけたオレを、翔一郎は、まだ……。

「そうか。彼がね。さすが、すごい美人じゃないか」

ガラヴァーニ氏は楽しそうに言い、オレに向き直る。

「よろしく、シニョール・アンドウ。よかったら座らないか？」

彼は、オレに自分の向かい側の席をすすめた。

「よかったら、最近の日本のことを話してくれないか？　うちの支店も日本にあるし、何よりも日本はショウイチロウと、ユキヒコのふるさとでもあるんだ」

緊張《きんちょう》しながら座ったオレは、彼の気さくな言葉に少し安心する。

「そうですよね。でも……何を話したらいいのかわからないんですけど」

「そうだな。それなら、東京で今流行しているレストランの話をしてくれないか？　聞くところによると君はなかなかの食通のようだ。どこかおススメのレストランはあるかな？」

オレの頭の中を、取材したたくさんの店のことが駆《か》け巡《めぐ》る。

一番に浮《う》かんだのは、やはり『リストランテ・ラ・ベランダ・トーキョー』のことだった。編集部の神田さんのようにしょっちゅうは行けないけれど、やはりオレもあの店の味に魅了《みりょう》されている一人だから。

「最初のおススメは、築地にある『リストランテ・ラ・ベランダ・トーキョー』でしょうか？　あの店のグランシェフの小田桐宗一郎《おだぎりそういちろう》氏は、数少ない本物の天才だと思います」

オレが言うと、彼は楽しそうに笑う。

「君はたしかに素晴《すば》らしい食通のようだ。うちの店に目をつけるとはとてもセンスがいい」

「あなたにこれを言うとまるでお世辞のようですが……でも彼の才能は東京の中でも群を抜《ぬ》いていると思います」

「彼はなかなか憎《にく》らしい男だが、その才能はたしかに私も認めている。実は、彼をこのミラノ本店に引き抜くという話もあったんだ」

「噂《うわさ》は聞いていましたが……やはり本当の話だったんですか？」

オレは驚《おどろ》いて身を乗り出してしまう。彼は笑って、

「君はなかなかの事情通でもあるようだ。本当だよ。諸事情でその話は流れたけれどね」

「そうなんですか。でもセレベッティ氏という選択《せんたく》も素晴らしかったと思います。昨夜ディナーを食べたのですが、彼の作るどこか繊細《せんさい》なメインディッシュのセンスと、スー・シェフの鮎川さんのセンスのバランスが絶妙《ぜつみょう》だと思いました。小田桐氏のメインディッシュはもっと野性的だったので、鮎川さんはセレベッティ氏の下《もと》で働く方がその実力を発揮できるのかもしれない、と思ってしまいました」

オレが夢中で言ってしまうと、ガラヴァーニ氏は驚いたように目を見開く。

「君は本当に鋭いね。まるでグルメ雑誌の記者みたいだ。……ユキヒコから、君は文芸雑誌の編集者だと聞いたんだが？」

少しだけいぶかしげな声で言われて、オレはハッとする。

……しまった、言い過ぎた……！

「すみません、知ったかぶりをしてしまいました。オレは文芸雑誌の編集なので、取材のために少しだけ勉強しただけなんです」

「それならいい。……すまない、グルメ雑誌には少し神経質になっていてね」

彼は笑いながら、最近のレストラン事情について話してくれた。

それはとてもためになる話で、彼の料理に対する姿勢に、オレは頭が下がる思いがする。

「料理の味だけじゃなく、ここにいるスタッフも本当に素晴らしいと思います」

オレは正直な気持ちを口にする。

「彼らは何よりもお客さんの喜びのことを考えてる。『リストランテ・ラ・ベランダ・ミラノ』がどうしてこんなに人々の心を魅了するのか……少しだけわかった気がします」

オレの言葉に、ガラヴァーニ氏はとても嬉《うれ》しそうに笑ってくれる。

「私もそう思うよ。そして私も、自分の店で食事をした人々に、幸せな気持ちになって欲しいんだ」

彼の口調は自信に満ちていて、彼もまた食に関するプロフェッショナルなんだと思う。

……ああ、これを堂々と記事にできたら、どんなにいいだろう？

徳田翔一郎

「今日はやっとお休みがもらえた。ゆっくりできるよ」

　朝食の用意をしながら、俺は言う。

「おまえ、本当に忙《いそが》しいみたいだよな。おかげでどこにも連れて行ってもらえてないな」

　ダイニングのテーブルについた昌人からチラリと睨《にら》まれて、俺は思わず言ってしまう。

「放《ほう》りっぱなしにしてごめん。今日はなんでも昌人の言うことを聞くよ」

「そう言われると……なんだか昔を思い出すんだけど？　なんだったかな？」

　昌人が考え込みながら言い、俺は思わず笑ってしまう。

「昌人は昔から本当に女王様だったもんね。俺、よく言うこと聞かされた」

「なんだよそれは？　オレがいつそんなことをしたよ？」

「けっこうしょっちゅうじゃなかった？　冷蔵庫からジュースを取ってこいだの、買ったばかりの漫画《まんが》を先に読ませろだの……あと、ロールプレイングゲームの難しい場面のところは全部俺にやらせたじゃないか」

昌人は目を丸くし、それからプッと噴《ふ》き出す。

「オレって、くだらないことやらせてたな～」

「でも子供心には、けっこう大変なことだったんだけど？」

俺が言うと、昌人は笑いながら、

「いや、ゴメンゴメン。……っていうか、あれだっておまえを構ってやってただけなのに！」

「本当に？」

「ホントホント！『弟のように可愛《かわい》がる』の一環《いっかん》だってば！」

「本当かなあ？」

睨んでやると昌人は可笑《おか》しそうに笑って、

「いいから！　さっさと朝食を出せよ！　お腹《なか》へってるんだから！」

「やっぱり今でも女王様だ」

俺は言いながらオーブンを開け、中から焼きあがったばかりのペストリーを取り出す。

「う、わ！　いい香《かお》り！」

彼が立ち上がってオープンキッチンに入ってくる。

「何を焼いたんだ？」

「ペストリー。これは『ピスターシュ』。中にピスタチオのクリームが入っている。これは『チーズパイ』。フィンガーパイの上にパルミジャーノ・レッジャーノチーズを散らして焼いたもの」

「これは？　へこんでるだけでなんにも入ってないじゃないか！　忘れたな？」

「これからだってば。おとなしく待っていてくれる？」

俺は笑ってしまいながら、冷蔵庫から昨日のうちに用意していたさまざまなものを出してくる。まずはへこんだ形に作ってあるペストリーにヴァニラをたっぷりと入れた自家製のカスタードクリームを絞《しぼ》り出す。その上に薄《うす》い飾《かざ》り切りにしておいた洋梨《ようなし》のコンポートをびっしりと載《の》せる。

「うわ、可愛い！」

昌人が俺の手元を覗《のぞ》き込みながら言う。俺は出来映《できば》えを確かめながら言う。

「洋梨、好きだったよね？……さて、これとエスプレッソでイタリア風の軽い食事を済ませたら、すぐに出かけよう」

昌人は目を丸くして、

「おまえ休みなんだろ？　家でのんびりするんじゃないのか？」

「どこにも連れて行ってもらえないって文句言う人がいるのにのんびりできません」

俺が言うと、昌人は目を丸くし、それから苦笑《くしょう》する。

「それなら、思う存分オレを案内してくれよ」

「案内してくださいって言うのが本当のところなのに。昌人って本当に女王様だ」

「うるさいなあ。ペストリーよこせ！」

天板の上に手を伸《の》ばされた昌人の手を、俺はしっかり握《にぎ》って止める。

「ヤケドするからダメだよ。席についておとなしくしていて」

「なんだよ、偉《えら》そうに」

昌人は言いながら、ダイニングに戻《もど》っていく。

俺は天板からペストリーをはがし、それを籠《かご》に盛りつける。

「デザートももちろんだけど、おまえの焼いたパンも美味《おい》しいよな。『リストランテ・ラ・ベランダ・ミラノ』の籠でいろいろなパンを出すの、すごくいいサービスだと思うよ」

「本当に？　あれ、俺の提案なんだ」

俺は言いながらできあがっていたエスプレッソをカップに注《つ》ぎ、パン籠と一緒《いっしょ》に運んだ。

「うわあ、めちゃくちゃ美味しい……！」

感激したように言ってくれる昌人の顔を見ているだけで、俺はこれ以上ない幸せを感じることができる。

……ああ、こんなふうに幸せな日々が、ずっと続いたらいいのに……。

「昌人。どこか行きたいところはある？　今日は一日時間が取れるから、案内するけど」

昌人は食べていたペストリーをエスプレッソで流し込み、それから言う。

「たくさんある！　まずはドゥオーモに行ってステンドグラスを見るだろ、それからガッレリア・ヴィットリオ・エマヌエーレⅡに行ってガラスのドームを見るだろ、それからモンテ・ナポレオーネ通りに行っていちおうショップをチェックして、それからサンタ・マリア・デッレ・グラーツィエ教会に行って『最後《さいご》の晩餐《ばんさん》』を見て……」

「わかった、わかった。順番にこなしていこう。まずはサンタ・マリア・デッレ・グラーツィエ教会に電話をして予約を取ろう」

俺は言いながら、心が浮《う》き立つのを感じていた。

「俺、イタリアに来てすぐに働き始めたせいで、ミラノは『住んでいる町』としてしか認識《にんしき》してなかった。観光スポットには、まだ一度も行ったことがないんだ」

「本当に？　じゃあ、このベタベタの基本コースはちょうどいいじゃないか！」

昌人が楽しげに微笑《ほほえ》んで言い……俺はまた、こんな幸せがずっと続くといい、と思う。

＊

「昌人だろう？　昌人じゃないか！」

俺たちが声をかけられたのは、すべての場所をめぐり終えた夕方。ドゥオーモ近くの小さなカフェだった。立ち飲み形式のそこには、コーヒーを片手にした観光客が溢《あふ》れていた。

昌人と一緒にコーヒーカウンターに向かおうとしていた俺は、いきなり聞こえた日本語に驚《おど》いて振《ふ》り返る。

「こんなところで会えるなんて……！」

そこに立っていたのは、三十がらみの男。逞《たくま》しい身体《からだ》で高そうなスーツを着て、いかにもお金持ちそうなイメージだ。

昌人は振り向かないままでその場に固まっている。

「誰《だれ》？　仕事関係の知り合いとか？」

俺が言うと、彼は苦しげな顔で答える。

「ただのプライベートの知り合い。おまえ、先にどっか行ってろよ」

「どっかって言われても……」

俺たちが小声で言い合っている間に、その男はつかつかと昌人のところに歩み寄ってくる。

それから俺を厳しい顔で睨みつけ、

「なんなんだ、君は？　まさか昌人の恋人《こいびと》じゃないだろうな？」

昌人の知り合いなら挨拶《あいさつ》をしなきゃ、と思っていた俺は、いきなり責めるように言われて呆《ぼう》然《ぜん》とする。

「誰にもなびかず『氷の女王様』と言われている昌人が、まさか男とイタリア旅行だなんて」

「ちょっと、東田《ひがしだ》さん！」

コーヒーの載ったトレイを持った青年が、慌《あわ》てたように歩み寄ってくる。ほっそりした身体をして、どこか昌人とタイプが似た感じの日本人青年だ。

「どこ行ったのかと思ったらほかの男と話なんか……あっ！」

彼は昌人の顔に気づいたらしく、驚いたように声を上げる。

「もしかして、あんた安藤昌人？　新宿《しんじゅく》二丁目の『グレイ』に出入りしてた？」

……新宿二丁目？

俺が驚いて見下ろすと、昌人は動揺《どうよう》したように肩《かた》を震《ふる》わせる。それから自嘲《じちょう》的に顔をゆがませると、その青年を真《ま》っ直《す》ぐに見返して迫力《はくりょく》のある声で言う。

「だったらなんだよ？」

青年は昌人のきつい視線に一瞬《いっしゅん》たじろぐけれど、すぐに気の強そうな顔に戻って叫《さけ》ぶ。

「あんたのせいで、オレたちすごい迷惑《めいわく》をこうむってるんだけど！」

「オレはおまえの顔も知らないし、迷惑かけた覚えもないんだけど」

「迷惑なんだよ！　あんたが来るせいで男はみんなあんたに夢中だし、やっとつかまえた東田さんだって、セックスの最中に『マサト』とか言うんだぜ？　しかも何度も！」

……セックスの、最中……？

あまりにも強烈《きょうれつ》な言葉に俺はショックを受け、呆然とするしかない。

……どうしてこの東田とかいう男が、セックスの途中《とちゅう》で昌人の名前を呼ぶんだ……？

「おまえの男が誰の名前を呼ぼうが、オレには関係ねぇよ。第一オレ、この男の名前が東田っていうことすらもう忘れてたし」

昌人が怒《おこ》った声で言い捨て、今度は東田とか呼ばれた男が、

「ひどすぎるぞ、昌人！　あんなに甘い夜を過ごしたじゃないか！」

……甘い夜……。

心に、何か鋭《するど》いものが突《つ》き刺《さ》さった気がした。

……この男と、昌人が……？

男は一歩踏《ふ》み出し、昌人の腕《うで》を必死の形相で摑《つか》む。

「私の大人なところが好きだと言ったじゃないか！　こんな若造のことを本気で好きになるわけがないよな？　本当は君はまだ……」

昌人の白い手がひらめき、男の頰《ほお》をピシリと打った。

「オレを自分のもののように言うな。甘い夜を過ごした男なんか、いくらでもいるんだよ！」

昌人は厳しい顔で言い捨て、俺の腕を摑んで踵《きびす》を返す。

「待ってくれ、昌人！　こら、離《はな》せ！」

「離さないよ！　あんな冷たいやつのことなんか……！」

背後であの二人が言い争っているのが聞こえる。昌人は眉《まゆ》をきつく寄せ、俺の腕を摑んだまま夕闇《ゆうやみ》の町をどんどん歩いていく。

「……昌人」

「うるさい、黙《だま》って歩け！」

彼は厳しい声で言い、そのまま道を進んでいく。

昌人が新宿二丁目に通っていたらしいことはすごく意外だった。もしかしたらあの東田とかいう男と寝《ね》たことがあるかもしれないという事実は俺にショックを与《あた》えた。だけど、きっと昌人は……。

「俺、六年間も昌人のそばにいられなかったんだな」

言うと、俺の腕を掴んだ昌人の指がピクリと震える。

「本当は、昌人のこと全部知っていたかった。俺の知らない昌人を知ってるあの二人が、ちょっと憎《にく》らしいよ」

昌人はふいに歩みを止め、俺から手を離す。俺を真っ直ぐに見上げながら、

「オレに、どういう幻想《げんそう》を抱《いだ》いてるんだよ？」

彼の顔には自嘲的な笑《え》みが浮かび、その目は……なぜかとても悲しそうだった。

「おまえと会わない間にオレが何をしていたかを知ったら、おまえは絶対に嫌《きら》いになる。おまえみたいな純粋《じゅんすい》なヤツに、理解できるわけがない」

「昌人こそ、俺にどういう幻想を抱いてるんだよ？」

俺が言うと、昌人は驚いたように目を見開く。

「あれから六年経《た》って、俺は二十二になった。俺が純粋だなんていうのは、あなたの幻想だ」

昌人の唇《くちびる》が、何かを言いたげにピクリと震えた。その綺麗《きれい》な紅茶色の瞳《ひとみ》で俺を見つめたまま昌人はしばらく黙る。それから、

「おまえも……男と遊んでた、とか……？」

彼の唇から、かすれた声が漏《も》れた。

「俺が男と遊んでいたとしたら……あなたはどう思う？」

昌人は俺から目をそらし、動揺したように髪《かみ》をかき上げる。

「おまえはめちゃくちゃハンサムに育ったし、大人っぽいし、けっこう優《やさ》しいし、モテないわけがないよな」

「あなたはどう思う？」

「オレには関係ないし、別に……」

昌人は言いかけたところで俺から目をそらし、何かを考えるように少し黙る。俺は彼の頬に手をやり、彼の顔を真っ直ぐこちらに向けさせる。

「嘘《うそ》を言わないで。本当は？」

その紅茶色の瞳を、俺は真っ直ぐに覗《のぞ》き込む。

「弟みたいに可愛《かわい》がってくれたじゃないか。その俺が遊んでたら、どう？」

昌人の顔がふいに悲しげにゆがむ。

「本当に遊んでたのかよ？」

「そうだと言ったら?」

彼の柳眉《りゅうび》が寄せられ、唇からとても心配そうな声が漏れる。

「もし、おまえに好きな人がたくさんできたのだとしたら、それはオレが口を出すことじゃないと思う。だけどおまえが寂《さび》しくてそんなことをしたのだとしたら、それはオレのせいだ。オレがおまえを置き去りにしてしまったから……」

昌人の手が上がり、俺の手をそっと包み込む。

「……翔一郎。おまえ、もしかして寂しかったのか?」

昌人の紅茶色の瞳が潤《うる》み、キラキラと煌《きら》めいた。

「……そうだよな、おまえ人一倍パティシエ修業を頑張《がんば》っていたのに。きっと誰《だれ》かに励《はげ》ましてもらいたかっただろうに。なのにわかってあげられなくて、オレ……」

「……昌人」

「ごめんな、翔一郎」

昌人は言い、俺の身体《からだ》にキュッと抱きついた。俺は彼の身体をそっと抱きしめて、

「今のとそっくり同じ言葉を、俺はあなたに言いたいよ」

昌人は目を潤ませたまま俺を見上げてくる。

「あなたはずっと出版社の仕事を頑張っていた。誰かに励ましてもらいたかったのに、誰もいなくて寂しく思っていた。一緒《いっしょ》にいてあげられなくて、ごめん」

「……え？」

昌人が驚《おどろ》いたように目を見開いた。

「……それって……？」

「俺は仕事に熱中してて、心にはあなたがいて、少しも寂しくなかったよ」

「えっ？」

「いつかは立派なパティシエになって、あなたを振《ふ》り向かせる、そのことだけを考えていた。遊ぶなんて考えたこともなかった」

「ええっ？」

昌人は言って、呆然《ぼうぜん》とした顔で俺を見上げる。

「俺は誰とも遊んでいない。六年間、ずっとあなた一筋だったよ」

昌人は口をぽかんと開けて俺を見つめ……それからいきなりフラリと座り込む。

「昌人！」

昌人は道路にペタンと座り、深いため息をついた。

「……くっそお、脅《おど》かすなよ。おまえがイタリアで男と遊びまくってたなんてことになったら、おまえの両親になんて言えばいいんだよ？」

俺は身をかがめ、昌人の前にしゃがみ込む。

「じゃあ俺は、おじさんとおばさんになんて言えばいいの？」

「……う……」

「俺はゲイに偏見《へんけん》を持ってない……というより男である昌人に恋《こい》をしているんだから自分もゲイなんだと思う。だけどもしもあなたが寂しくて、そのせいでその綺麗な身体を簡単に男に許していたとしたら……それはすごいショックだよ。だって、俺がずっとずっと求めていたものを、ほかの男に奪《うば》われてしまったんだから」

俺は彼の顔を覗き込んで、

「でも、いくら寂しくてもあなたはそんなことをするような人じゃない」

俺が言うと、昌人はとても驚いたように目を見開く。

「あなたは寂しくて二丁目に遊びに行った。誘《さそ》われて誰かとデートをしたこともある。だけど誰にも身体を許したりしていない。……そうだね？」

言うと、彼は髪をかき上げてため息をつく。

「……そうだよ」

その言葉に、俺はとてもホッとする。彼は、

「別にもったいぶってたわけじゃなくて……誰にも発情しなかったから。そのせいでさんざん悪口言われて、敵も増えて、最近じゃ二丁目には足を踏み入れられないけど」

「あなたの身体は、まだ誰のものでもないんだね？」

俺は信じられないような幸せを感じながら言う。昌人は、

「誰のものでもねぇよ。……あっ」

俺は我を忘れて彼の身体を抱きしめる。

「こんなに麗《うるわ》しくて色っぽいあなたが、今まで無事でいたなんて。何かの間違《まちが》いで、あなたが魅力《みりょく》的な男と出会ったりしなかったことを神様に感謝しなくちゃ」

「おまえ、大げさだってば」

「いいんだよ、大げさで。それくらい嬉《うれ》しいんだから」

俺は昌人のしなやかな身体をしっかりと抱きしめながら言う。

「大好きだよ、昌人」

……ああ、もう、二度と離《はな》したくない……。

安藤昌人

……翔一郎は、オレの過去すらも許してくれた。

……そして、まだオレのことを好きだと言ってくれた。

ベッドに横たわったオレは、呆然とそのことを考えていた。

……こんなに優しい翔一郎を騙《だま》して……オレは何をやっているんだろう……？

ベッドからそっと抜《ぬ》け出しながら、オレはどうしようもない良心の呵責《かしやく》にとらわれていた。

リビングのローテーブルの前に座り、ラップトップコンピューターを開く。電源を入れ、書きかけだった『リストランテ・ラ・ベランダ・ミラノ』に関する記事の続きを書く。

……でも……。

オレの手が、ふいに止まってしまう。

……こんなこと、本当に許されるんだろうか……？

オレは鞄《かばん》から携帯《けいたい》電話を取り出し、日本の編集部に電話をかけた。

『はい、『ＭＤ』編集部』

長い着信音の後に聞こえた疲《つか》れきったような編集長の声。オレの心がズキリと痛む。

「安藤です」

『安藤か！　連絡《れんらく》がないから、もうだめかと思ったぞ！』

編集長が叫《さけ》び、ほかのメンバーが喜びの声を上げているのが聞こえる。

「オーナーとも話すことができました」

オレの言葉に、電話の向こうで編集長が、本当か、と大声を出す。

「編集長の言ったとおり、彼らのことを書いています。でも本当に『リストランテ・ラ・ベランダ・ミラノ』のことを記事にしていいんでしょうか？」

『今さら何を言ってるんだ？『MD』の将来はおまえの肩《かた》にかかっているんだぞ？』

「でも、彼らは本物のプロフェッショナルで、とてもいい人たちで、オレは……」

オレは言いかけ、何かの気配に気づいて顔を上げる。

「……あ……っ！」

リビングのドアの前に、翔一郎が立っていた。

間接照明に照らされた彼の顔はこわばっていて、オレは青ざめて慌《あわ》てて通話を切った。

「うちの店のことを記事にするって、どういうこと？」

……翔一郎に、聞かれてしまった……。

オレは携帯電話を握《にぎ》り締《し》めたまま、その場に立ち竦《すく》む。

「まさか……」

翔一郎はリビングに入ってきて、開きっ放しだったオレのノートパソコンの画面を見る。そして、オレが書き起こしていたオーナーとの会話を見て顔色を変える。

「……文芸雑誌の編集者だって言ったじゃないか。どうしてこんなこと……」

……ああ、もう、ごまかせない……。

「オレが担当してるのは文芸雑誌じゃない。『MD』というグルメ雑誌だ。今書いているのは、それに載《の》せるための記事だよ」

オレの言葉に、翔一郎は愕然《がくぜん》とした顔をする。

「どうしてそんな嘘《うそ》を……？」

「『MD』は売り上げが落ちて、廃刊《はいかん》寸前だ。廃刊にならないためにはどうしても売り上げの取れる特集を組まなくちゃならない。オレは編集長の命令で『リストランテ・ラ・ベランダ・ミラノ』に潜入《せんにゅう》してその記事を書くためにミラノに来た。あの店には何度も取材を断られている。幼馴染《おさななじみ》であるおまえのコネが必要だった」

「それって……俺を利用したってこと？」

翔一郎がオレを見つめ、かすれた声で言う。

「そうだよ」

彼の苦しげな顔を見るだけで、胸が張り裂《さ》けそうになる。

「じゃあ、俺を訪ねてくれたのは、嫌《きら》いじゃないって意味じゃなかったんだ?」

翔一郎の漆黒《しっこく》の瞳《ひとみ》に、絶望が広がる。

「俺を利用するためだったんだ?」

「もちろんおまえのことは嫌いじゃない。可愛《かわい》い弟のような存在だと思っている。でも……」

言いかけたオレの腕《うで》を、翔一郎がいきなり摑《つか》んでそのまま引き寄せた。

「あっ!」

ソファの上に乱暴に押し倒《たお》されて、彼の身体《からだ》がのしかかってくる。

「……やめ……んんっ!」

オレの言葉を遮《さえぎ》るように、彼の唇《くちびる》が、オレの唇に重なってきた。

「……ンー……ッ!」

滑《すべ》り降りた彼の手が、オレの胸に当てられる。指先で乳首《ちくび》を摘《つま》み上げられ、キュッと揉《も》み込まれて、腰《こし》がヒクリと跳《は》ね上がる。

「……ンッ!」

翔一郎はオレの唇を解放し、その代わり、オレのシャツの合わせを両手で摑む。

「え? あぁっ!」

彼の手が、オレのシャツの合わせを思い切り広げる。ブチブチブチ! と音を立てて、オレのシャツのボタンが千切れ飛んだ。

「……や、やめ……っ！」

オレは抵抗《ていこう》しようとし……翔一郎の漆黒の瞳に見つめられて、魅入《みい》られたように動けなくなる。彼の瞳の奥には、まるで野生の動物みたいな獰猛《どうもう》な光があった。

「覚えてる。あなたは胸がすごく感じやすいんだ」

彼はオレを見つめて低く囁《ささや》き、ゆっくりと俺の胸に顔を埋《うず》める。

「……う……っ！」

動けなくなったオレの乳首を舐《な》め上げ、舌先で先端《せんたん》をくすぐってくる。

「……アア……ッ！」

チュッと乳首の先端を吸い上げられて、身体の奥に、鋭《するど》い快感が走る。

「……く、ふ……っ！」

「あの時も、オレが胸を触《さわ》ったら、力が抜けてあなたは抵抗できなくなった」

翔一郎の声が、ふいに今にも泣いてしまいそうにかすれた。

「反り返るほど硬《かた》くして、トロトロに蜜《みつ》を溢《あふ》れさせた」

彼はかすれた声で囁き、責めさいなむようにオレの乳首を甘嚙《あまが》みする。

「……う、く……っ」

湧《わ》き上がる怖《こわ》いほどの快感に、オレは身体を震《ふる》わせる。

「今、こんなに感じてるのは、胸を愛撫《あいぶ》されてるせいだけ？」

「……オレに、何を、言わせたいんだよ……っ？」

「『違《ちが》う、相手がおまえだから感じるんだ』って言って欲しい」

悲しげな声が、胸に突《つ》き刺《さ》さる。

「そんな……」

「言って」

彼は囁き、オレの乳首を強く指で揉み込んでくる。

「……んん……っ！」

オレは快感に震えながら、それでも必死で抵抗を示す。

「……そんなわけ、ない……っ」

オレの手が勝手に上がり、胸の上にある彼の髪《かみ》をクシャリと摑んでしまう。

「……そこが、敏感《びんかん》なだけ……理由は、それだけだ……ああっ」

彼がふいに愛撫をやめる。そして身を起こし、その漆黒の瞳でオレを見つめる。

「そんなに取材許可がほしい？」

彼の瞳の中に、激しい怒《いか》りの炎《ほのお》が燃えているのを見て、オレはすくみ上がる。

「俺が本気で頼《たの》めばメンバーはきっと嫌《いや》とは言わない。でも、そのためには一つ条件がある」

「……条件……？」

オレは青ざめてしまいながら、震える声で聞く。

「取材が終わったら、愛撫だけじゃなくて最後までさせて欲しい。そんなに仕事が大切なら好きでもない男に抱《だ》かれることもできるよね？」

彼の声には深い深い悲しみがあって、聞いているだけで心がつぶれそうになる。

……ああ、眩《まばゆ》いほど真《ま》っ直《す》ぐな彼に、こんな顔をさせてしまうなんて……！

「一度だけでいいんだ。……いいね？」

漆黒の瞳に浮《う》かんだ、懇願《こんがん》するような光。オレは、なんだか泣きたくなる。

「……わかった。それで記事を書かせてくれるなら」

「昌人」

いきなり抱きしめられて、オレは息を呑《の》む。

「……愛してる、愛してるんだ……」

首筋を吸い上げながら、翔一郎が囁いてくる。

「……う……っ」

乳首を指先で愛撫されて、身体が痺《しび》れる。その隙《すき》を狙《ねら》って、彼の手がスラックスの中に忍《しの》び込んで……。

「……う……やめ……あ……っ！」

屹立《きつりつ》を、大きな手がしっかりと握り込む感覚。

「……ああっ！」

いつの間にかしっかりと勃《た》ち上がっていた屹立を、彼の指が容赦《ようしゃ》なく擦《こす》り上げる。

「……やめ、アア……っ！」

乳首を吸い上げられ、側面を擦り上げられて、オレの先端から、トクトク、と先走りの蜜が溢れた。

「……愛してるんだ、昌人……！」

彼の指が、止《とど》めを刺すように強く、オレの屹立を擦り上げた。

「……アア……ッ！」

身体を痺れさせる、怖いほどの快感。

オレの先端から、ビュクッ！　と白い蜜が迸《ほとばし》った。

「……く、うう……っ！」

オレは震えながら彼の手のひらに欲望を放ち……そしてあまりのショックに呆然《ぼうぜん》とする。

「昌人」

見下ろしてくる彼の目があまりにも悲しくて、オレの目の奥がズキリと痛む。

「……翔一郎……」

視界がふわりと曇《くも》り、オレの目尻《めじり》から、ツツ、と熱い涙《なみだ》が伝い落ちた。

「約束は守る」

囁いて、彼がオレの身体を抱きしめる。

「彼らを、俺が説得してあげるから」

翔一郎の声はとても苦しげだった。

「あなたの心をもらうのは、きっと不可能なんだね」

彼が囁いて、オレの顔を真っ直ぐに見下ろしてくる。

あんなに煌《きら》めいていた彼の漆黒の瞳が、今は傷ついたような光を浮かべている。

「……だから身体だけでいい。俺を感じて欲しいんだ」

泣きそうな声で囁かれ、抱きしめられて、オレはたまらなくなる。

……ああ、こんなに真っ直ぐな翔一郎を、オレは傷つけてしまったんだ……。

翔一郎はそっとソファから起き上がり、オレを置いて部屋を出て行った。

……さすがの彼も愛想を尽《つ》かしたんだな……。

悲しい気分で思った時、彼がふいにリビングに戻《もど》ってきた。彼の手には、お湯で固く絞《しぼ》ったハンドタオルがあった。

「ごめん。乱暴にした。痛くなかった?」

彼が言って、ベタベタになったオレの身体をあたたかなそれでそっと拭《ふ》き清めてくれる。

……なんでこんなに優《やさ》しくするんだよ?

オレはもう抵抗することもできずに、また涙を流すことしかできなかった。

……オレのことなんか、いっそ、乱暴に犯《おか》してしまえばいいのに。

徳田翔一郎

……やっぱり、俺には希望なんかなかったんだ。

ベッドの上。背中で、彼の体温を感じながら思う。

……でも、昌人はそれだけ仕事に熱心だったということで……。

ほんの数時間前に聞いた、彼の喘《あえ》ぎがふいに脳裏《のうり》をよぎる。

自分は六年前と同じに、また無理やりに彼を愛撫してしまったんだな、と思う。

……俺を騙《だま》した彼が憎《にく》くて、それでも死ぬほど愛《いと》おしくて、頭の中が真っ白になった。そして我を忘れて、思い切り彼を愛撫してしまった。

いつもは温和な犬を装《よそお》っている自分が、本当は浅ましい狼《おおかみ》であることをまた思い知る。

押さえつけられ、苦しげに喘ぐ彼はめちゃくちゃに色っぽくて、俺を死ぬほど欲情させた。

……あのまま彼を暴行せず、愛撫だけで終わらせてあげられたのは、まさに奇跡《きせき》だ。

放った後の彼はとても傷ついた顔で俺を見上げ、そしてその瞳《ひとみ》から一筋の涙を零《こぼ》した。

……もしも彼が泣かなければ、俺は確実に彼のすべてを奪《うば》っていただろう。

男の手にまったく慣れていない、無垢《むく》な彼の身体《からだ》。磁器のように滑《なめ》らかな肌《はだ》は傷一つなく、小さな乳首《ちくび》は咲《さ》きかけの蕾《つぼみ》のように淡《あわ》いピンク色だった。

まるで最高級のデザートのように甘かった彼の肌。舌で愛撫《あいぶ》した乳首はまるで小さな果物《くだもの》のように瑞々《みずみず》しく、キュッとその先端を尖《とが》らせた。その舌触《したざわ》りは、六年間、俺がずっとずっと忘れられなかったもので……。

彼の屹立は、六年前よりも少しだけオトナになっていた。彼の容姿に見合った完璧《かんぺき》に美しい形をしたそれが、欲望に震《ふる》え、蜜《みつ》を垂らすところは……気が遠くなりそうに淫《みだ》らに見えた。

愛撫に喘いでいる間でも、彼の腿《もも》はしっかりと擦り合わされ、無意識に大切な場所に俺の手が忍び込むのを拒《こば》んでいた。ヴァージンであることを証明するような慎《つつ》ましい仕草に、胸が痛んだのを覚えている。

彼の蕾はきっと乳首と同じ淡いピンク色で、誰《だれ》の愛撫も知らずに息づいているはず。その無垢な蕾をさっきの獣《けもの》のような激情に任せて貫《つらぬ》いてしまっていたら、と思うだけで全身から血の気が引く。

こんなに大切に思っている彼の、あんなに美しい心と身体に、二度と消えない傷がつく。そんなことは絶対に許せない。

俺は震えるため息をついて、決心する。

……すぐに店の人たちに事情を話し、インタビューを受けてくれるように頼まなくては。

……そして……彼を奪ったりせずに、すぐに日本に帰してあげよう。

俺の心が、壊《こわ》れそうなほどに痛む。

……彼は今度こそ、俺のことなど二度と思い出さないに違《ちが》いない。

耳を澄《す》ますと、ベッドの向こう側から聞こえてくるのは、彼の静かな呼吸音。

そしてふわりと鼻腔《びこう》をくすぐるのは、レモンとハチミツを混ぜたような彼の甘い香《かお》り。

そっと振《ふ》り返ると、彼は子供のように身体を丸めて寝息《ねいき》を立てている。

俺の手に放った後、彼は泣きそうな顔で呆然としていた。お湯で絞ったタオルで肌を拭いてあげても、もう少しも抵抗《ていこう》しなかった。

呆然とした顔で沈黙《ちんもく》する彼を思い出すだけで、胸がつぶれそうだ。

……彼を、一日でも早く日本に帰してあげなくてはいけない。

すぐそばにある、彼の華奢《きゃしゃ》な身体。

俺は彼の弱みをしっかりと握《にぎ》っていて、今すぐに彼を脅《おど》し、最後まで奪うこともできる。

彼の甘い喘ぎが脳裏をよぎり、今すぐに抱《だ》きたい、と身体が疼《うず》くのを感じる。

彼を抱きしめ、その身体を覆《おお》うすべてのものを奪い去りたい。

甘い肌を味わい、思うさま愛撫して……その蕾を自分の欲望で貫きたい……。

……いけない……。

俺は拳《こぶし》をきつく握り締《し》めて、その衝動《しょうどう》に必死で耐《た》える。

……このままでは俺は、彼を確実に傷つけてしまう。

俺はすべての理性を振り絞って欲望を抑えつけ、そっと寝返《ねがえ》りを打つ。

……彼を傷つける者は、たとえそれが自分であっても、絶対に許せない。

俺は震えるため息をつきながら、思う。

……彼を傷つけてしまう前に、彼を、俺の手から逃《に》がしてあげなくてはいけないんだ。

＊

「お願いします!」

閉店後のミーティング。厨房《ちゅうぼう》の中で、俺は頭を下げる。

「彼に、この店の取材をさせてあげてください」

この店では、毎日終業後に厨房のメンバーとフロアのスタッフ、総勢二十名でのミーティングが行われる。出張以外の時にはオーナーも参加し、その日の反省会になる。オーナーもグランシェフも温和な人たちだから毎日のミーティングは和《なご》やかに終わることが多い。

……しかし。

「結局……彼は文芸雑誌の編集者ではなく、『MD』というグルメ雑誌の編集者だったと」

オーナーが苦りきった顔で、沈黙を破る。

「そして廃刊《はいかん》寸前の『MD』を救うために、この『リストランテ・ラ・ベランダ・ミラノ』への取材をしたがっていると。……それはあまりにも身勝手すぎはしないかな？」

その言葉は、俺の心をズキリと痛ませる。オーナーはため息をついて、

「実は『MD』という日本の雑誌から、何度も取材のオファーがきていた。だが私はそのすべてを断ってきた」

「そうなんですか？　なぜです？」

俺は驚《おどろ》いて聞く。オーナーは厳しい声で答える。

「『MD』という雑誌のことを少し調べさせてもらった。内容は濃《こ》いし、とても素晴《すば》らしい雑誌だと思う。だが『MD』を作っている出版社からはいくつかのゴシップ雑誌やB級のグルメ雑誌が発刊されている。もしも『MD』の取材を受けたとしたら、そちらの雑誌に『リストランテ・ラ・ベランダ・ミラノ』の情報が漏《も》れないとも限らない」

「昌人はそんなことはしません」

俺の言葉に、オーナーはさらに苦い顔になって、

「『マ・メゾン』の記者のことを忘れたのか？　彼は同じ出版社のゴシップ雑誌『ヴァニティ』の記者から金をもらい、この店の情報を流していた。だから私は『MD』の取材も断ったんだ。ほんの少しの危険も冒《おか》したくなかった」

「でもそれは、昌人くんが『MD』の人間だって知る前のことだろ？」

ずっと黙《だま》っていた鮎川さんが、ふいに口を開いた。彼は俺を見て、

「いくつかの出版社のせいで、この店はマスコミの対応に神経質だ。だからぼくらは雑誌の編集と言われると少し過敏《かびん》に反応してしまう。だけど、別にそんな理由で昌人くんを嫌《きら》うつもりはないんだ。彼はとてもいい人だと思うしね」

彼の優しい口調に、俺はほんの少しだけホッとすることができる。

「私ももちろん、彼のことを悪い人間だろうと決めつけているわけではない。だが、万が一のことがあってユキヒコがまたマスコミに攻撃《こうげき》されるようなことになったら……」

オーナーの苦しげな言葉を、鮎川さんが手を上げて遮《さえぎ》る。

「ごくごく普通《ふつう》のスー・シェフであるぼくが、有名な大富豪《だいふごう》で、一流レストランのオーナーをしている人の恋人《こいびと》になったんだ。攻撃されることなんか覚悟《かくご》のうえだよ」

「ユキヒコ」

オーナーはとても複雑な顔をして鮎川さんを見つめる。

「私は、あの時期、君がどんなに傷ついていたかを知っている。もう二度と、君をあんな目に遭《あ》わせたくない。だから少しでも危険につながることは避《さ》けるべきだ」

オーナーのガラヴァーニ氏は優秀《ゆうしゅう》な経営者であり、聡明《そうめい》な彼の言葉は、いつもとても正しい。

メニューの組み方でも、接客態度でも……彼の意見を取り入れて悪い方向に転がったことはない。

「あなたの意見はわかった。ぼくを守ろうとしてくれていることには感謝します。でもほかのメンバーの意見を聞いてみたらどうですか？」

鮎川さんの言葉に、オーナーはため息をつく。それからメンバーを見渡《みわた》す。

「君たちの意見を聞かせてもらおうか？」

「取材を受けることに、私は反対ではありません」

グランシェフのセレベッティ氏が、きっぱりと言う。

「彼がグルメ雑誌の記者ではないと嘘《うそ》をついたのは、自分の仕事と、自分の雑誌を守りたかったからではないのですか？　正直に言えば断られることがわかっていたんですから」

もう一人のスー・シェフ、グランデ氏がうなずきながら、

「ほんの少し話しただけなのですが、マサトが悪い子だとは思えないのです。彼ならアユカワを傷つけるような質問を投げつけたりはしないのでは？」

その言葉にグランパティシエのゴウス氏が、深くうなずく。

「私もそう思います。何よりも彼は、このショウイチロウの想《おも》い人ですし」

オーナーはまだ渋《しぶ》い顔をして言う。

「本来の仕事以外の時間に取材を受けるということは、君たちの負担を大きくする。しかも『リストランテ・ラ・ベランダ』グループはすでに世界的に有名で、雑誌で宣伝をしてもらう理由など何もない」

「しない理由もないけどね」

鮎川さんが、その薄茶色《うすちゃいろ》の瞳《ひとみ》でオーナーを真《ま》っ直《す》ぐに見つめながら言う。

「いい記事が載《の》れば、店のイメージアップにつながる。予約をしたお客様に事前に情報を報《しら》せることができ、さらに楽しんでもらうこともできる。『マ・メゾン』とか『ラ・グルマンティーヌ』を読みました、って言ってくれるお客様がたくさんいただろ？」

鮎川さんの視線の強さに、オーナーは一瞬《いっしゅん》たじろぐ。それから深いため息をついて、

「要するに、君は彼からの取材を受けようと言っているわけか？」

「少なくともぼくはそうしてもいいんじゃないかと思ってる。ほかのメンバーがどう思うかは、全員に聞いてみないとわからないけれど」

「それでは、全員に意見を聞いてみようか」

オーナーが、ため息をつきながら言う。

「彼の取材を受けてもいいと思うメンバーは挙手を」

オーナーの言葉に、鮎川さんが最初に手を上げてくれる。それからグランシェフ、グランパティシエ、スー・シェフ……とメンバーが次々に手を上げる。オーナーはメンバーの顔を見渡し、最後に俺に視線を留める。

「すみません、俺もできれば彼の希望をかなえてあげられたらと思います」

俺が手を上げると、彼はため息をつく。

「私以外のメンバーは全員賛成というわけか。では、私が反対する理由はない」

俺の顔を真っ直ぐに見つめて、

「言っておくが私はシニョール・アンドウに個人的な恨《うら》みがあるわけではない。好感の持てる青年だと思う。ただ……彼が、君にまで嘘をついたということが気になっている」

「それは……俺は気にしていません」

俺は、胸の痛みをこらえながら言う。

「彼はとても真っ直ぐな人です。だからきっと自分の作った雑誌を愛していて、それをつぶしたくなかったんです」

オーナーは俺の顔をしばらく見つめ、それから、

「彼に伝言を頼《たの》む。明日の閉店後の取材を受けると。その代わり、ユキヒコのプライベートに関《かか》わる質問にはいっさい答えないからそのつもりで、と」

「わかりました。彼にそう伝えます。それから……」

俺はメンバーの顔を見渡して、

「……いろいろご心配をおかけしてすみません。ええと、彼が俺のことを好きかもしれないというのは、単なる俺の勘違《かんちが》いでした」

「ええっ？」

鮎川さんが、本気で驚いたように声を上げる。俺は、

「彼は俺のことをただの幼馴染《おさななじみ》としか思っていません。それがはっきりしただけでも収穫《しゅうかく》かな、と」

無理やりに笑ってみせると……なんだかますます自分が惨《みじ》めになってくる。

「彼の気持ちも考えずに先走ったりして……俺はまだまだ大人からは程遠《ほどとお》いんだな、と思い知りました。これからはただの幼馴染として、彼の仕事に協力できればいいなと思います」

「それは……」

オーナーが愕然《がくぜん》とした顔で言う。

「……じゃあ君は自分を振《ふ》った男に、それでも協力しようと？」

「ええ。だってまだ本気で好きですから」

オーナーと鮎川さんが、顔を見合わせる。ほかのメンバーたちもつらそうな顔になって俺を見つめ……なんだか本気で居たたまれなくなる。

「振られたのは俺に魅力《みりょく》がなかっただけで、彼が悪いわけではありません」

鮎川さんが、深いため息をつく。

「なんだか、聞いてるだけで心が痛むんだけど？」

「優《やさ》しくしたいのに、彼のことになると我慢《がまん》がきかなくなってしまう。……俺が悪いんです」

無理やりに愛撫《あいぶ》した後の、昌人の涙《なみだ》を思い出す。

「俺が昌人にしてあげられることは……もうこれしか残っていないんです」

安藤昌人

「……インタビューを受けてくださってありがとうございます」

オレは、向かい側に座った二人に向かって言う。

ここは『リストランテ・ラ・ベランダ・ミラノ』の店内。厨房《ちゅうぼう》が一番よく見える、オーナーのガラヴァーニ氏のリザーブシート。店の定休日でない限り、終業後の時間しか取材に当てることができない。そのせいで、一日にインタビューは一件になる。ガラヴァーニ氏が、メンバーの負担になるから、とできる限りの取材を断り続けていた意味がオレはやっと解《わか》った。

今、オレの向かい側に座っているのは、ガラヴァーニ氏とスー・シェフの鮎川さん。インタビュー最初の今日はガラヴァーニ氏だったんだけど、鮎川さんが、オーナーが意地悪なことを言わないように、って言って同席してくれたんだ。

「それでは、質問をさせていただきます」

オレは言いながらデジタルレコーダーのスイッチをオンにしてテーブルに置く。それから顔を上げて並んだ二人の顔を見て……。

ガラヴァーニ氏の顔にはどこか警戒するような表情、そして鮎川さんの顔にはどこか心配そうな表情が浮《う》かんでいる。テーブルに載せられた鮎川さんの手に、ガラヴァーニ氏の手がそっと重なっているのを見て、オレの心がズキリと痛んだ。

この二人はもう一般《いっぱん》の人ではない。有名な大富豪と、そして有名になってしまったスー・シェフ。もしもオレが無責任な質問をし、それを記事にして載せてしまったとしたら、愛し合う二人は世論という名の怪物《かいぶつ》に引き裂《さ》かれてしまうかもしれない。

……マスコミの一端《いったん》に身をおく人間として、それはきちんと考慮《こうりょ》すべき重い責任で……。

そう思ったら、オレの頭から考えておいたすべての質問が消し飛んでしまった。

「ええと……」

オレは血の気が引くのを感じながら、慌《あわ》ててスケジュール帳をめくる。そこには日本で書き付けてきた質問がいちおうメモしてあったけれど……この店で彼らと話した時から、オレの頭の中にはもっと生き生きとした質問があったはずで……。

「すみません、ええと……」

……オレは質問をして、記事を書かなくてはいけない。

……そうすれば、オレたちの『MD』は安泰《あんたい》で……。

「……あ……」

「『リストランテ・ラ・ベランダ・ミラノ』の本店としてのコンセプトとは？」

オレの唇《くちびる》から出た質問に、ガラヴァーニ氏は少し驚《おどろ》いたように目を見開く。それから、

「本店としての格式を保ちつつ、顧客《こきゃく》にリラックスした時間を提供すること」

短く答えて、次の質問を待つようにオレを見つめる。

「あ、ありがとうございます……ええと……」

……きちんと質問しなくちゃダメだ！　このインタビューで、オレは『ＭＤ』の売り上げを飛躍《ひやく》的に伸《の》ばさなくちゃいけないんだから！

……そのために、オレは翔一郎を騙《だま》し、彼をあんなに傷つけ……。

「ええと……あっ」

必死でスケジュール帳をめくるけど、オレの指が震《ふる》え、メモのページが破けてしまう。

「……ああ……っ」

あんなに煌《きら》めいていた翔一郎の目が、深く傷ついたようにオレを見つめて……。

「……く……っ」

目の奥がギュッと痛んで、破れたメモが、ジワリと曇《くも》る。必死でこらえようとするのに、スケジュール帳の上に、パタパタ、と音を立てて涙が零《こぼ》れた。

「……すみません、オレはプロとして失格です」

オレの唇から、かすれた声が漏《も》れた。

「君が泣いているのは……」

オーナーが気の毒そうな声で言う。

「インタビューができないせい？　それとも、翔一郎に嫌《きら》われそうなのが悲しくて？」

「翔一郎に……？」

彼に嫌われる、と思っただけで胸が張《は》り裂けそうになる。

「……オレは……」

オレは涙がとめどなく溢《あふ》れるのを感じながら言葉を口にする。

「……オレは、翔一郎よりも仕事を選んだはずでした。仕事のために彼を騙し、利用し、そして結局はこうやって思い通りにインタビューすることができて……でも……」

スケジュール帳の上に、パタパタパタ、と音を立ててまた涙が落ちる。

「……なぜか、すごくつらくて、悲しいです……」

「ずっと思ってたんだけど……昌人くんって、翔一郎のことが好きなんでしょう？」

鮎川さんの言葉に、オレは驚いて顔を上げる。

「オレが……翔一郎のことを……？」

「そうだよ。でなきゃ、君がこんなに苦しんでいる説明がつかない」

鮎川さんがその綺麗《きれい》な薄茶色《うすちゃいろ》の瞳《ひとみ》で、オレの顔を真《ま》っ直《す》ぐに見つめて言う。

「君に聞きたいんだけど……どうして素直《すなお》に翔一郎を受け入れることができないの？」

「……あ……っ」

その言葉が、オレの心の奥深い場所に突《つ》き刺《さ》さる。

「……彼は……」

オレの心の奥にわだかまっていたさまざまな想《おも》いが、彼の一言で解放された気がした。

「……翔一郎はオレの弟のような存在で、ずっと可愛《かわい》がってきました。彼の両親のこともよく知っていて『翔一郎を頼みます』と言われています。だから、彼をゲイにするなんてこと、オレにはできなくて……」

オレの視界がふわりと曇る。

「……オレはずっと遊び人と呼ばれてきたし、こうやって翔一郎を騙すような男だし、だから彼のような煌めく才能を持った素晴らしい人間には相応《ふさわ》しくない。彼の輝《かがや》かしい将来に傷をつけないためにも、オレは……この気持ちを封印《ふういん》して……」

「この気持ち？」

鋭《するど》く言われた鮎川さんの言葉に、オレはやっと、自分の心の底に隠《かく》してあった気持ちに気づくことができた。

「……オレは……オレはきっと……」

口にするだけで、胸が壊《こわ》れそうに痛む。

「……ずっとずっと、翔一郎のことを愛していたんです……」

言った途端《とたん》、オレの脳裏《のうり》にさまざまなことがよみがえった。

ドキドキして一緒《いっしょ》に風呂《ふろ》に入れなくなったこと。彼の背中を見るだけで切ない気持ちになったこと。そして自分の中の気持ちが理解できずに混乱しているところに、翔一郎の真っ直ぐな気持ちをぶつけられて……怖《こわ》くなって逃《に》げてしまったこと。

……きっとオレは、自分がどんなに彼を愛しているかに心の奥で気づいていた。

……だからあんなに怖くて、あんなに切なくて……。

「両想いなのに通じてないって、つらいよね」

鮎川さんが優《やさ》しい声で言って、オレの肩《かた》を抱《だ》いてくれる。

「翔一郎ときちんと話をした方がいいんじゃない？　インタビューはそれからゆっくりしよう。君からの取材ならいつでも受けるから、ね？」

「でも、オレ……」

「一言言っていいかな？」

ガラヴァーニ氏が、初めて見るような真剣《しんけん》な顔で言う。

「男の君を愛した時点で、ショウイチロウはすでにゲイだ。そしてたとえ君が受け入れなくても、彼は君を永遠に愛し続けるだろう。彼はそういう人間だ。わかっている？」

彼の漆黒《しっこく》の瞳が、オレを真っ直ぐに見つめた。

「君は、あのショウイチロウが選び、心から愛した人間なんだよ」

彼の顔に、優しい表情が浮かぶ。

「自覚をしていないだけで、君にはそれだけの魅力《みりょく》があるということだ。そんな君が彼に相応しくないわけがないだろう？　君を選んだ、彼のセンスを信じなさい」

その言葉が、オレの心の中にゆっくりと沈《しず》んでくる。

「オレは……」

二人の顔を見比べながら、オレは言う。

「……翔一郎を受け入れても、いいんでしょうか？」

「君も翔一郎も、同じようなことを言っているよ。『自分は彼のような素晴らしい人に相応しいんだろうか？』『自分がいることで彼の将来に傷をつけることにならないだろうか？』」

鮎川さんが言い、深いため息をつく。

「そしてぼくも、ずっと同じことを悩《なや》み続けてた。自分は恋人《こいびと》に本当に相応しいんだろうか、自分の存在は相手のためにならないんじゃないかって。でも……」

彼は隣《となり》に座るガラヴァーニ氏を見つめて、

「もう考えるのはやめたよ。だってぼくと彼は運命で結ばれているんだ。抵抗《ていこう》したって無駄《むだ》でしょう？」

「そう。運命の相手とは離《はな》れることなんかできない。抵抗しても無駄なんだよ？」

ガラヴァーニ氏の言葉に、鮎川さんがほのかに頬《ほお》を染める。

「ありがとうございました。オレ……」

オレはスケジュール帳を閉じて立ち上がる。

「翔一郎と、きちんと話をしてみます」

ガラヴァーニ氏が満足げにうなずいて、

「彼なら厨房《ちゅうぼう》で君を待っている。……ほら」

彼は、中庭の方を指差す。木々の向こうには、間接照明を一つ点《つ》けただけの薄暗《うすぐら》い厨房が見えていた。その厨房の端《はし》におかれた椅子《いす》に、力なく座った翔一郎の姿が見える。うなだれた彼の横顔はとても苦しげで、その逞《たくま》しい身体《からだ》はいつもより一回り小さく見える。

「彼はずっと、君を手に入れることを考えて頑張《がんば》ってきた。もしも君が素直にならなければ、彼はあのままダメになっていくんだろうな」

何かが突き刺さったかのように、心が激しく痛む。

……あんなに明るくて素直な翔一郎に、あんな苦しげな顔をさせるなんて、オレは……。

「オレ、行きます！」

「厨房は、そこを曲がって正面のスイングドアを入ったところだよ」

鮎川さんが微笑《ほほえ》みながらオレに教えてくれる。

「ありがとうございました！」

「ちょっと待って」

ガラヴァーニ氏が言って、オレに向かって何か銀色のものを投げる。受け取って手のひらを見ると、それは小さな銀色の鍵《かぎ》だった。

「私たちは失礼するよ。戸締《とじま》りは二人に任せた。きちんと話をしなさい」

「ありがとうございます」

オレは鍵を握《にぎ》り締《し》めて頭を下げ、店内を全速で走る。スイングドアを押し開けて……。

暗いままの厨房にいる翔一郎を見て、オレはこの六年間、どんなに彼のことばかりを考え、会いたく思っていたかをやっと自覚する。

翔一郎は驚《おどろ》いたように顔を上げて、

「取材は？　もう終わったの？」

「その前に、まずはおまえときちんと話をしたいんだ」

翔一郎の顔がふいにつらそうにゆがむ。

「これ以上、傷口に塩を塗《ぬ》るようなことはやめて欲しい」

彼の唇《くちびる》から漏《も》れたのは、今にも泣き出しそうな苦しげな声だった。

「この六年間、あなたのことを想い続けていた。でもやっぱり夢が叶《かな》わなくて……俺はもう、ボロボロなんだよ」

「オレがどうしてグルメ雑誌の編集部を希望したか、話してなかったな」

オレが言うと、彼は悲しげな顔をしたまま、

「もともとその雑誌が好きだったんだろ?」

「『MD』を好きになった理由だよ。……おまえ、覚えてない? おまえの記事が『MD』に小さく載《の》ったこと」

「えっ?」

彼は驚いたように目を見開いてオレを見つめる。オレは、

「おまえが最初に賞をとった『高校生お菓子《かし》コンテスト』って覚えてるか?」

「もちろん、覚えてるけど……」

翔一郎はぼんやりとした口調で言い、それからハッと息を呑《の》む。

「……もしかして、あの記事が載ってたのって……?」

「そう、『MD』だったんだよ。写真もない、本当に小さな記事だったけれど」

翔一郎は、呆然《ぼうぜん》とした顔でオレを見つめる。

「それ以来、オレは『MD』を愛読するようになった。大学を卒業して『向陽社』に入った時も、第一志望は『MD』の編集部だった。……でも、オレは仕事に没頭《ぼっとう》するあまり、最初の夢を忘れるところだった」

「最初の夢?」

「そう。いつかは立派になったおまえを取材して、今度は大きな記事にしてやるんだって。カラーのグラビアつきでね。オレの翔一郎なら絶対に写真栄《ば》えするからって」

「でも、あなたは俺に会いに来るつもりはなかったんじゃ……？」

「口ではそう言ってたけど……いつかはおまえに再会する気まんまんだったんだろうな。でなきゃ取材なんかできないだろ？　今から考えれば、オレはおまえと再会する日のことばかりを思い描《えが》いていた気がする」

オレの言葉に、翔一郎は啞然《あぜん》とした顔で、

「じゃあ……あなたは、俺のことを嫌《きら》っているわけじゃなくて……？」

「嫌ってたら、とっくに忘れてるだろ？」

オレが言うと、彼は信じられない、という顔をして、

「でも、あなたは俺が触《さわ》った時、めちゃくちゃ怖《こわ》がって、嫌《いや》だって何度も言って……だから俺……もう嫌われたんだと……」

「バカ、他人に触《ふ》れられるのは初めてだったんだ。いきなり嬉《うれ》しそうにできるかよ。それにおまえ、いきなり襲《おそ》いかかってきて押さえつけただろ？　だから怖かったんだよ」

「じゃあ……」

彼は、その漆黒の瞳《ひとみ》でオレを見上げてくる。

「もっと優しくしたら……嫌がらないでくれる？」

その声がセクシーにかすれていて……オレの鼓動《こどう》が知らずに速くなる。

「おまえに、ちゃんとできるならな」

「俺はもう子供じゃないんだよ。それを……」

彼は、その逞しい腕《うで》でオレを抱《だ》き寄せる。

「……今夜、きちんと証明していい？」

彼は言い、それから尻尾《しっぽ》をたらした大型犬のような、とても悲しそうな顔になって言う。

「もしかして、これって取材許可をとってあげたことへのお礼？　だったら俺……」

「ばぁか」

オレは彼の後頭部に手を回し、身をかがめてその唇にそっとキスをする。

「そんな顔をするから、大型犬って言われるんだぞ。さっさと狼《おおかみ》にならないと、またお預けにするぞ」

「昌人」

彼が椅子から立ち上がり、俺の身体をしっかりと抱きしめた。

「愛している」

耳元で囁《ささや》かれたのは、それだけで心が蕩《とろ》けてしまいそうな美声。

……ああ、ここにいるのは、可愛《かわい》がっていた弟代わりの青年じゃない。

「愛してる、翔一郎」

オレは囁きながら思う。

……ここにいるのは、オレの、運命の男なんだ。

＊

「……昌人……！」

裸《はだか》のオレにのしかかった翔一郎が、オレの尖《とが》った乳首《ちくび》に淫《みだ》らなキスをする。

「……あっ、あ……もうやめ……っ！」

オレは、彼の髪《かみ》に指を埋《う》めながら叫《さけ》ぶ。

「……そこばっかりされたら、オレ……ああ……っ！」

オレは乳首が本当に感じやすいみたいで……片方を舌で愛撫《あいぶ》され、もう片方を指でゆっくりと揉《も》み込まれただけで、もうイキそうなほど感じてしまってる。

「……ダメ、ダメだ……あぁ……っ！」

ヒクン、と腰《こし》を跳《は》ね上げた拍子《ひょうし》に、オレの屹立《きつりつ》が彼の裸の肌《はだ》に当たってしまう。

「……ひ、うう……っ！」

ヌルッとした感触《かんしょく》に、オレは自分がとめどなく蜜《みつ》を垂らしてしまっていることに気づく。

「くそ、あなたが色っぽ過ぎて、見てるだけでイキそうだ」

彼がオレの胸から顔を上げ、苦しげな声で言う。

「もっともっと、あなたの身体《からだ》のすべてを味わいたいのに」

脚《あし》に当たっている翔一郎の欲望は、驚くほど大きくて、そして熱く脈打っているみたいで。

「……あ……っ」

彼が感じてくれてるんだと思ったら、オレの身体に不思議なほどの快感が走った。

本当なら同じ男のそこなんか、嫌悪感《けんおかん》を覚えてもいいくらいだと思う。だけどオレの中には、欲望を隠《かく》せない翔一郎への愛《いと》おしさだけが湧《わ》き上がっていて……。

「それなら……先に一回イかせてやる」

オレは手を伸《の》ばし、彼の欲望をそっと握《にぎ》り込む。

……ああ、すごい……。

彼の屹立は手に余りそうなほどに大きく、そしてどんなにオレを欲《ほっ》しているかを表すように、とても熱かった。

「昌人、無理しなくていい」

翔一郎がかすれた声で言い、彼の逞《たくま》しい欲望が、ビクン、と若鮎《わかあゆ》のように跳ねる。

「あなたの手を汚《よご》してしまう。だから離《はな》して」

「それなら……」

オレは彼の身体の上にのしかかるようにして、シーツの上に押し倒《たお》す。

「昌人？」

「言っとくけど、こんなことをするのは生まれて初めてなんだからな」

オレは囁きながら、彼の陽《ひ》に灼《や》けた滑《なめ》らかな肌にそっとキスをする。

「思い切り感謝しながら味わえよ」

囁いて、彼の筋肉の浮《う》き出た美しい身体を、唇でそっと辿《たど》っていく。

「昌人？　いったい……」

「黙《だま》ってろ」

オレは囁いて、キスを続ける。逞しい鎖骨《さこつ》。筋肉質の胸。ギュッと引き締《し》まったお腹《なか》。そして……。

「くっ！」

翔一郎が、ビクンと震《ふる》えて息を漏《も》らす。

オレの唇《くちびる》が……彼の屹立の先にキスをしたからだ。

「昌人、そんなことしなくても……！」

「オレがやりたいんだよ。おとなしくしてろ」

オレは囁いて、彼の側面を両手で支える。そして、硬《かた》くなった先端《せんたん》に舌を這《は》わせる。張り詰《つ》めて熱いその感触は、彼がもう限界に近い証拠《しょうこ》で……。

「……っ」

彼が小さく呻《うめ》き、その先端のスリットから、トロリと先走りの蜜が溢《あふ》れた。

「……おまえ、発情してるのか……？」

それを舐《な》め取ってやりながら囁くと、翔一郎は苦しげな顔で言う。

「こんなに愛してるあなたが、そんないやらしいところに舌を這わせてくれている。発情しないわけがないだろう？」

かすれた声がなんだかめちゃくちゃ愛おしくて、オレは我を忘れて彼の先端を口に含《ふく》んだ。

「……ん……」

……本当はもっと深くまで含んで、もっともっと感じさせてやりたいけど……。

「……んん……」

オレは、口に含んだ先端を舌で愛撫しながら思う。

……彼が逞しすぎて、これ以上したら顎《あご》が外れそう……。

思い切り開いた口の端《はし》から、あたたかい唾液《だえき》が一筋溢れた。オレの顎を伝って、ゆっくりと首筋を滑《すべ》り落ちる。

その濡《ぬ》れた感触にまで、欲望が燃え上がる。

「……んくっ、んっ」

「昌人」

チュッと音を立てて吸い上げてやると、翔一郎の大きな手が、オレの髪の中に滑り込む。

「ダメだ、もういい。我慢《がまん》できない」

彼はオレの顎をそっと支え、オレの口から欲望を引き抜《ぬ》いてしまう。

「……あ、何するんだよ……っ」

「あなたの口に出してしまいそうなんだ。だから、もう……」

「……オレの口に出すのが嫌なのかよ……っ！」

オレが言うと、彼は切なげな目でオレを見つめて、苦笑《くしょう》する。

「嫌なわけがない。愛してる人が自分の欲望まで愛おしく思ってくれるのは、男の夢だ」

彼はオレの顎を支え、唾液に濡れたオレの唇をそっと親指で撫《な》でる。

「あなたの口に出すところ、何度も何度も夢に見た。絶対に叶《かな》わない夢だと思って、起きた時にとても悲しくなったけれど」

こいつはそんな強烈《きょうれつ》な夢まで見ていたのか、と思わず真っ赤になるけど……それだけオレを欲してくれていたことが解《わか》って、なんだか震えが来るほど嬉《うれ》しい。

「じゃあ、なんでやめさせるんだよ？　してやるって言ってんだろ？」

欲望に顔を近づけようとするオレの肩《かた》を彼の手が押さえ、近づけないように阻《はば》む。

「だって……男のそれなんか美味《おい》しいはずがない」

「そんなのオレが決めることだ！　舐めさせろよっ！」

ムキになって言うオレに、彼は仕方ないな、という顔で苦笑する。

「わかった。それなら、俺もしたいようにさせてもらう。いいね？」

彼が起き上がり、オレの身体を持ち上げて体勢を変えさせる。

「……え？」

百八十度、身体の位置が変えられる。彼の脚の上にのしかかっていたオレは、今度は彼の身体の上に乗る形になり……。

「ちょ、待て！」

オレは自分がどんな格好をしているかに気づいて、慌《あわ》てて逃《に》げようとする。

オレは彼の頭をまたぐようにしていて、屹立は彼の顔の前に差し出され……。

「こんな体勢は、無理……っ」

真っ赤になって逃げようとしたオレの腰を彼の手がしっかりと押さえつける。

「逃げることは許さないよ。俺も好きにする」

彼が囁《ささや》いて、オレの腰をさらにキュッと引き寄せ……。

「……あ、ああーっ！」

硬くなっていたオレの欲望が、下から舐められる。

「……や、やめ……ああっ！」

先端に舌を這わされ、チュッと吸われて、身体に怖《こわ》いほどの快感が走る。

「……ダメだ、吸ったら出る……ああっ！」

オレの腰を押さえていた彼の手が滑《すべ》り、オレの双丘《そうきゆう》のスリットに滑り込む。

「……え……？」

彼の指が、何かを探すように谷間をゆっくりと往復する。

「……あぁっ！」

奥深い場所に隠されていた蕾《つぼみ》に、彼の指がキュッと当てられる。

「……嫌《いや》だ、何……？」

「知らなかった？　男と男は、ここでつながるんだよ？」

彼が囁きながら、オレの蕾を指先でくすぐってくる。

「……あっ……あっ……！」

同時に屹立《きつりつ》を舐め上げられて、身体に怖いほどの快感が走る。

「……ダメ、翔一郎……あっ！」

喘《あえ》いだオレは、頬《ほお》に熱いものが触《ふ》れたことに驚《おどろ》いてしまう。それは、今にも放ってしまいそうに反り返った、翔一郎の屹立で……。

「……んん……っ！」

愛おしさに耐《た》え切れず、彼の屹立に頬を擦《す》り寄せる。うながすように自分の屹立の先端にキスをされて、オレも同じように彼の先端にキスをする。

「……っ！」

身体の下で、翔一郎が小さく息を呑《の》んだのが解る。

……翔一郎、感じてるんだ……。

オレは彼をもっと感じさせたくなって、彼の張り詰めた先端を舐め上げ、チュッと吸い上げてしまい……。

「悪い子だ。俺を先にイかせる気？」

翔一郎が囁いて、いきなりオレの屹立の側面を激しく擦り上げる。同時にツプッと音を立てて彼の指が蕾に滑り込んできて……。

「あ、あああーっ！」

彼の指がオレの内壁《ないへき》を擦り上げた瞬間《しゅんかん》、オレの屹立から、いきなり、ドクン！　と欲望の蜜《みつ》が迸《ほとばし》ってしまった。

「……く、くうう……っ」

彼はオレの蜜をその口腔《こうこう》でしっかりと受け止め、コク、と喉《のど》を鳴らして飲み干した。

「……嫌だ……なんで……っ？」

プチュッと音を立てて、彼の指がオレの蕾から引き抜かれる。その瞬間に内腿《うちもも》がヒクヒクと震え、怖いほどの快感が身体《からだ》を痺《しび》れさせた。

「もう内側だけでイケるなんて。すごく感じやすいんだね、昌人」

下から腰《こし》を抱《だ》きしめられ、欲望の先端をチュウッと吸い上げられる。オレは搾《しぼ》られるようにして残りの蜜を、トクン、と吐《は》き出してしまう。

「……あ、ああ……っ」

「でも、あんなに誘惑《ゆうわく》しておいて、一人だけでイッってしまうなんて」

彼の欲望がさっきと変わらずにとても逞《たくま》しいことに気づいて、オレは焦《あせ》る。

「あ、ごめ……オレ……」

翔一郎が起き上がり、オレの身体をシーツの上に押し倒《たお》す。

「あなたに挿《い》れたい。挿れて、俺の欲望をうんと注ぎ込みたい。……いい？」

オレを見下ろす漆黒《しっこく》の瞳《ひとみ》が、野生の狼《おおかみ》みたいな獰猛《どうもう》な光を宿している。

その光だけで、オレの身体は痺れて、もう抵抗《ていこう》できなくなってしまい……。

「いい……けど……」

オレは、怖いほどに硬《かた》くなってそそり立つ彼の欲望を見て、少し怖くなる。

「……そんなに大きいの、オレの中に入るんだろうか……？」

オレの声は、痛みへの恐怖《きょうふ》で微《かす》かに震《ふる》えていた。

「たしかにあなたの蕾はとても小さくて、慎《つつ》ましくて……俺の指一本が精いっぱいだったかもしれない」

翔一郎の声に、オレはなんだか泣きそうになる。

「どうしよう？　オレ、おまえのすべてが欲しい。でも、オレのじゃ無理なのかな？」

翔一郎は驚いた顔でオレを見つめ、それからその端整《たんせい》な顔に優《やさ》しい笑《え》みを浮《う》かべる。

「大丈夫《だいじょうぶ》。ゆっくり一つになれば……とはいえ……」

翔一郎はキョロキョロとベッドルームを見回し、それからふいにベッドから下りる。

「ど、どこ行くんだよ？」

バスローブを羽織って部屋を出て行こうとする彼に、オレは慌てて声をかける。

「すぐに戻《もど》る。あなたを傷つけたくないから」

言って、そのまま部屋を出て行ってしまう。全裸《ぜんら》のまま、放ったばかりの腰が抜けたような状態で置き去りにされたオレは、心細くなって叫《さけ》ぶ。

「こらっ！　どこ行ったんだよっ？」

戻ってきた翔一郎は、手になぜかお菓子《かし》を作る時に使う銀色のボウルを持っていた。

「……何それ？」

呆気《あっけ》にとられて聞くオレに、翔一郎はボウルを傾《かたむ》けてみせる。そこには綺麗《きれい》な卵色のクリームがたっぷりと入れられていた。

「カスタード。明日のデザートに使おうと思って作っておいたんだ」

「ええと……？」

オレは、彼が何を言っているのか、全然理解できない。

「なんでカスタードなんだ？」

「いいから」

彼はサイドテーブルにボウルを置き、指でカスタードを掬《すく》い取る。

「味見して」

唇《くちびる》の前に差し出されたそれを、オレは不思議に思いながら舐《な》め上げる。それは濃厚《のうこう》な卵の味と、ヴァニラの芳香《ほうこう》が混ざり合い、とても……。

「美味《お》しい、けど……なんで……あっ！」

彼がボウルに手を入れ、今度は手のひらにたっぷりとカスタードを掬い取る。

「何やってるんだよ、お菓子に使うもの……ああっ！」

たっぷりと掬い上げられたカスタードが、オレの身体にヌルリと擦《こす》り付けられた。

「……冷たいだろ……ああ……っ！」

そのまま指先で乳首《ちくび》を探《さぐ》られて、オレの身体がヒクヒクと震えてしまう。

「すごく美味しそう。ピンク色の乳首が、まるでケーキの上のベリーみたいだ」

彼が囁いて、カスタードにまみれたオレの両方の乳首を指先でそっと揉《も》んでくる。

「……くう、ああ……っ！」

そのヌルヌルとした感触《かんしょく》がとても強烈《きょうれつ》で、オレは思わず身体を反り返らせてしまう。

彼が顔を下ろし、片方の乳首をそっと舐め上げる。

「……ああっ！」

「うん、とても美味しい。さすが俺の作ったカスタードだな」

彼は囁きながら、俺の乳首の上に舌を往復させる。

「……あっ、あっ……ああっ！」

彼の片方の手が伸《の》びて、さらにたっぷりとカスタードを掬い上げる。その手がオレの双丘の間に滑り込んだのを感じて、オレは思わず息を呑む。

「……くう……っ」

たっぷり濡《ぬ》れた彼の手が、オレのスリットを往復し、それからオレの蕾《つぼみ》の周りにヌルヌルと円を描《えが》いて……。

「……あ、ああっ！」

チュプンッという濡れた音を立てて、彼の指がオレの蕾に忍《しの》び込んでくる。

「入ったよ、昌人」

「……ひ、ううう……っ！」

さっきよりもずっとスムーズな挿入《そうにゅう》に、オレは驚いてしまう。

「……ああっ！」

「いい香《かお》り。本当にお菓子みたいだ」

彼が顔を下ろし、オレの身体に塗《ぬ》られたカスタードをそっと舐めていく。その間にも忍び込んだ指はカスタードの助けを借りて、ヌルヌルとオレの内壁を擦り上げて……。

「……あ、ああっ、ああ……っ！」

「増やすよ。力を抜《ぬ》いて」

乳首をチュッと吸われて力の抜けたオレの蕾に、さらにもう一本の指が滑《すべ》り込んでくる。

「……あ、翔一郎……っ！」

「痛い？　大丈夫？」

ヌルヌルと蕾を解《ほぐ》しながら、翔一郎がかすれた声で聞いてくる。

「……大丈夫……あ、ああっ！」

オレの屹立《きつりつ》が痛いほどに勃起《ぼっき》し、とめどなく蜜をたらしているのが解《わか》る。

彼のカスタードに濡れた手が滑り降りて、オレの屹立をヌルリと握《にぎ》り込む。

「……ひ、ああっ！」

彼のもう片方の手はオレの蕾を解し、オレの感じやすい部分を焦《じ》らすように掠《かす》めて……。

「……ああ、また……出る……」

屹立と蕾を同時に責められて、オレは膨《ふく》れ上がる快感に耐《た》え切れずに喘《あえ》ぐ。

「……お願い、翔一郎が……欲し……あっ」

俺の言葉が終わらないうちに、翔一郎がオレの上から起き上がった。

オレを熱い目で見つめながらオレの足首を持ち、それを大きく広げて……。

「……ああっ！」

カスタードでヌルヌルにされた蕾に、熱くて逞しい屹立がググッ！　と押し付けられる。

「……あああっ！」

オレの蕾は初めての体験に怯《おび》えて一瞬《いっしゅん》だけ収縮し……だけどヌルヌルになった屹立をあやすように扱《しご》かれたら、そのままふわりと蕩《とろ》けてしまって……。

「……あ、あ、ああーっ！」

カスタードの滑《ぬめ》りを借りて押し入ってくる、彼の逞しい欲望。

「……あ、翔一郎……っ！」

オレの蕩けた蕾は悦《よろこ》ぶように彼を迎《むか》え入れ、そしてキュウッと収縮して……。

「そんなことをされたら、我慢《がまん》ができなくなる」

オレを獰猛《どうもう》な目で見下ろした翔一郎が、かすれた声で言う。

「我慢しないでいい。オレのすべてを奪《うば》ってくれ……あっ！」

オレの言葉の響《ひび》きが消えないうちに、彼が貪《むさぼ》るような獰猛な抽挿《ちゅうそう》を開始した。

「……あっ！　あっ！　あっ！」

奥深い場所までを激しく擦《こす》り上げられて、あまりの快感に、気が遠くなりそう。

「……もっと、翔一郎、もっと……っ！」

「昌人、愛している……！」

翔一郎はセクシーな声で囁《ささや》いて、オレを思いきり貪った。

速くなる二人の鼓動《こどう》、空気を震わせる切ないため息、そして甘い甘いカスタードの香り。

「……イく……翔一郎……！」

「……いいよ。あなたがすごすぎて、俺ももう我慢できない……」

彼が囁いて、止《とど》めを刺《さ》すように深く俺を貫《つらぬ》いた。

「……あ、あああーっ！」

オレの先端《せんたん》から、ドクン、ドクン！　と激しく欲望の蜜《みつ》が迸《ほとばし》る。

「……ああ、くううっ！」

震えながら締《し》め上げてしまうオレの蕾を、彼の屹立がひときわ激しく抽挿して……。

「愛してる、昌人！」

セクシーな囁きと共に最奥《さいおう》に撃《う》ち込まれる、彼の燃え上がりそうな欲望。

「……ああ、愛してる……翔一郎……っ」

オレは気が遠くなりそうな悦楽《えつらく》と共にそれを受け止め、その熱さを味わった。

「ダメだ、止まらない……」

翔一郎が、オレの中に入ったままで言う。

「まだまだ満足できないよ。愛してる、昌人」

彼がオレの中に入ったまま、また抽挿を開始した。

オレは我を忘れて喘ぎ、そして彼の逞《たくま》しい欲望をしっかりと受け入れ、何度も何度も、気が遠くなりそうな高みに駆《か》け上った。そのまま夜が明けるまで彼はオレを放してくれず……オレはそのまま、失神寸前まで奪われてしまったんだ。

＊

眩《まばゆ》い朝の光の中、オレはゆっくりと覚醒《かくせい》する。

開いたままのベッドルームのドア。キッチンの方からは、お菓子が焼きあがった時のふわりと甘く香《こう》ばしい香りが漂《ただよ》っている。昨日は緊張《きんちょう》のあまり何も喉《のど》を通らなかった。そのうえあんなに運動したせいか、とてもお腹《なか》が空《す》いている。

……何を作ってるんだろう？　この香りはあまりにも魅力《みりょく》的だ……。

思った時、開いたドアのところに一人の男が姿を現す。

逞しい長身を包む、純白のバスローブ。ラフにはだけた合わせから覗《のぞ》く、がっしりとした鎖骨《さこつ》と陽に灼《や》けた胸が、やたらセクシーだ。

彫刻《ちょうこく》みたいに端整《たんせい》な顔立ち、漆黒《しっこく》の瞳《ひとみ》。陽光に照らされた彼の顔は本当にハンサム。

「……翔一郎……」

呟《つぶや》いた彼の名前は、昨日とは全然違《ちが》う意味を持ってオレの心を震《ふる》わせる。

昨日までの彼は、可愛《かわい》い弟。そして今日からの彼は……愛《いと》おしい恋人《こいびと》。

「……おはよう、昌人」

翔一郎の顔にゆっくりと浮《う》かんだ笑《え》みは……見ているだけで全身が蕩けそうに甘い。

……ああ、こんな美しい男に、オレ、昨夜は一晩中……。

思っただけで、頰《ほお》が熱くなってしまいそう。

「……おはよう。何を作ったんだよ？　オレ、お腹が空いて……」

オレは照れ隠《かく》しに言いながら勢いよく起き上がり……そのままシーツの上に倒《たお》れ込む。

何度も何度も貫かれ、激しい快感にのけぞったせいか、腰《こし》に力が入らず、背骨はバラバラになりそう。無理な姿勢で広げられていたせいか、股関節《こかんせつ》なんか今にも脱臼《だっきゅう》しそうだ。

一晩中奪われていた蕾は、まだ熱くて、彼を受け入れているみたい。

そしてたくさんの欲望を注がれた内壁《ないへき》は……夜のことを思い出すだけでヒクンと震え、何かを求めるようにキュウッと収縮してしまう。

オレは、昨日愛撫《あいぶ》され続けた乳首が、ヒリヒリしていることに気づく。

「どうしたの？」

思わず胸を押さえたオレの手を、翔一郎の手がそっとどけさせる。

「あ、赤くなってるよ。痛い？」

「くそ……シーツに擦《す》れただけで痛い！　おまえが一晩中あんなにペロペロ舐《な》めまくるからだ、このバカ犬！」

……本当は、オレがもっと、ってねだったんだけど。

……だって、翔一郎の舌は、熱くて、ベルベットみたいに滑《なめ》らかで、そしてとても器用にオレの乳首を愛撫して……だからすごく気持ちよくて……。

「ごめん、昌人。こっちは大丈夫《だいじょうぶ》？」

言いながら、翔一郎の手がいきなりシーツをまくり上げる。

「うわっ！」

オレは、一糸まとわぬ裸《はだか》のままで寝《ね》てしまっていたらしい。身体《からだ》が冷たい空気にさらされて、慌《あわ》ててしまう。

「あ……」

オレの脚《あし》の間に視線を落とした翔一郎が、驚《おどろ》いたように目を丸くする。

「な、なんだよっ！」

オレは慌てて両手で股間《こかん》を隠し……自分の欲望が勃《た》ち上がってしまっていることに気づく。

「もしかしてまだ足りなかった？　あんなにしたのに、もうそんなに大きくして」

翔一郎がなんだかすごく嬉《うれ》しそうに言う。

「違うっ！　これは朝だからだっ！」

オレはシーツを摑《つか》んで、慌ててそれを身体に巻きつける。

「オレは起き上がれない！　朝食をここまで持って来いよ！」

オレが言うと、翔一郎は可笑《おか》しそうに笑って、

「さすが女王様。そう言うと思ってちゃんと用意しておいたよ」

言ってベッドから立ち上がり、それからオレを見下ろして、

「そうだ、今朝、オーナーと鮎川さんから電話があったよ」

その言葉に、オレの心臓がドクンと跳《は》ね上がる。

「なんて言ってた？　あの二人には、すごく迷惑《めいわく》をかけちゃって……怒《おこ》ってた？」

オレが恐《おそ》る恐る聞くと、翔一郎は楽しそうに笑って、

「いや。おめでとうって言ってくれたよ。お二人のおかげで心も身体も一つになれましたって言ったからね」

「うわ、なんでそんなことまで言うんだよっ！」

「あの二人は、今では俺の兄代わりみたいなものなんだよ。だからすべて報告しなくちゃ」

「……うう～ん……」

にっこりと微笑《ほほえ》まれて、オレは思わず手で顔を覆《おお》って呻《うめ》く。

……こいつ、やっぱり大型犬だ。人懐《ひとなつ》こいにもほどがある。

……まあ、こいつの粋《いき》さは、可愛がらずにはいられないんだけど。

「それから、取材についてだけど」

その言葉に、オレは慌てて顔を上げる。

「なんて言ってた？」

昨夜、オレは取材を途中《とちゅう》でやめてしまった。鮎川さんは「取材ならいつでも受けるから」っ

て言ってくれたけど、本当なら「もう取材は受けない」って言われても仕方がなくて……。

「明後日の月曜日は、店の定休日なんだ。その時にメンバーを集めてくれるって。それから『リストランテ・ラ・ベランダ・ミラノ』の広告写真をいつも撮《と》っているカメラマンがミラノに戻《もど》ってきてるから、必要ならば彼も呼ぶけどどうする、って言ってた」

「それって……」

オレはあまりのことに呆然《ぼうぜん》としながら言う。

「……グラビアつきの特集を組ませてもらえるってこと？」

「もしもページが空いているのなら、って言ってたけどね」

「もちろん空いてる！　っていうか、丸々『リストランテ・ラ・ベランダ・ミラノ』特集の本を出してもいいくらいだよ！」

「わかった。そう伝えておく。……安心した？」

「っていうか、燃えてきた！　今までになかったインタビューをしなくちゃ！」

「いい顔してる。それでこそ俺の昌人だ」

彼が身をかがめ、オレの顎《あご》を持ち上げる。

「愛してるよ」

囁《ささや》いて、オレの唇《くちびる》に不意打ちのキス。

「……ンン……！」

舌でオレの舌を探《さぐ》り、オレの身体が熱くなりかけたところで唇を離《はな》す。

「あなたが餓死《がし》する前に朝食を持ってこないとね。少し待っていて」

余裕《よゆう》の笑みを頰に浮かべて、そのままベッドルームを出て行く。

……くそお……。

ほんの軽いキスだけで、オレの後ろの蕾《つぼみ》がジワリと甘く疼《うず》いてる。

……ただの大型犬だと思ってたのに、なんであんなに上手なんだよ……？

理性の吹《ふ》き飛んだ彼は、まるで狼《おおかみ》みたいに獰猛《どうもう》だったけど……でもそんなところも、震えが来るほどセクシーで……。

「お待たせ」

ワゴンを押した翔一郎が、部屋に入ってくる。ふわりと部屋に満ちるのは、芳《かんば》しいコーヒーと、甘いお菓子《かし》の香《かお》り。

「何それ？　うわ！」

ワゴンの上に載《の》せられたトレイは、まるで宝石箱みたいだった。見とれるような美しいデザートがずらりと並んでいる。

「すごい！　これ、全部おまえが作ったの？」

「昌人は昔から、疲《つか》れた時には甘いものを欲しがるだろう？　だから早起きして作ってみた」

翔一郎は白い歯を見せて笑い、それからトレイの上を指差しながら、

「右から『マンゴーと野いちごのムース　フルーツとローストココナッツ添《ぞ》え』、『ヘーゼルナッツとピスターシュのミルフィーユ』『アールグレイとバラのリキュールのジュレ』『ビスキュイ・ド・サヴォワ』『ブランマンジェ・コンサントレ・オランジュ』それから……」

「ちょっと待て！」

オレは慌てて手を上げて、彼の言葉を遮《さえぎ》る。

「まずは撮影《さつえい》させてくれ！　それからメモを取るから……っ」

「取材は後でいくらでもさせてあげる。今はゆっくり味わって欲しい。……最初はどれ？」

甘い声で囁かれ、黒曜石みたいな漆黒《しっこく》の瞳《ひとみ》で見つめられ、それだけで陶然《とうぜん》としてしまう。

「どれが欲しい？　指差してごらん」

間近に覗《のぞ》き込んでくる、彼の美貌《びぼう》。

さっきされた軽いキスが、オレの唇によみがえる。

オレはたまらなくなって手を上げて、指先で彼の唇に触《ふ》れる。

「……これが欲しい……」

囁くと、翔一郎の顔にセクシーな笑《え》みが浮《う》かぶ。

「一番のおススメはそれだったんだ。いい子だ、昌人」

彼が囁いて、オレの身体を引き寄せる。

目を閉じたオレの唇に、彼の唇がそっと重なってくる。

「……ンン……」

見た目よりも柔《やわ》らかな唇が、オレの唇を味わうように奪《うば》う。

「……ンン……ッ」

力の抜《ぬ》けた歯列の間から、彼の舌が忍《しの》び込み、オレの感じやすい上顎《うわあご》を愛撫して……。

「……ンッ！」

くすぐったいような刺激《しげき》が、ゆっくりと快感に変わる。

シーツの下に隠《かく》されたオレの屹立《きつりつ》が、ヒクン、と震《ふる》えるのを感じる。

「……あ、んん……っ」

オレは彼のバスローブの布地を掴み、どんどん深くなる彼のキスを受ける。

クチュ、クチュ、と音を立てて絡《から》み合う二人の舌。

彼とのキスはとても甘くて、そしてどんなデザートより美味《おい》しくて……。

……ああ、もっと欲しい……。

オレの身体《からだ》は熱く蕩《とろ》け、オレの奥深い場所が彼を求めて疼いてしまって……。

「……ん、翔一郎……」

「何？」

「……デザートが溶《と》けちゃう。冷蔵庫に入れてきて……」

オレは、真っ赤になりながら囁く。翔一郎はクスリと笑って、

「あのデザートはまだ食べないの？　じゃあ、今は何を食べたいのか言ってごらん？」

囁かれ、うながすようにチュッとキスをされたらもう、理性なんかふわりと溶けてしまう。

「昨夜、あんなに食べたけど……」

オレは彼の瞳を見つめながら囁く。

「……また、同じものが食べたくなったんだ」

「……昌人」

翔一郎はオレを抱《だ》きしめ、今度はさらに深いキスをする。

「あなたがこんなに可愛《かわい》いなんて、知らなかった。俺も我慢《がまん》できなくなりそうだ」

「……ダメだ。デザートを冷蔵庫に入れてから……」

「わかったよ、女王様」

彼は囁いて、今度はオレの額にキスをする。

「デザートをしまってきたら続きだよ。覚悟《かくご》しておいて」

セクシーに微笑まれて、鼓動《こどう》が速くなる。

……ああ、早く抱かれたいとか思ってる自分が、すごくイケナイ気がする……！

＊

そして二日後の定休日。一緒《いっしょ》に店に行ったオレと翔一郎を、オーナーやグランシェフたちは拍手《はくしゅ》で迎《むか》えてくれた。

「ちゃんと両想《りょうおも》いになれて本当によかった」

ガラヴァーニ氏がオレたちを見て、心からホッとしたように言う。

「苦しんでいる翔一郎が、ユキヒコを口説いては玉砕《ぎょくさい》していた頃《ころ》の自分と重なって、心が痛んだよ」

「あなたは翔一郎ほど純粋《じゅんすい》じゃないでしょう？」

鮎川さんは怒《おこ》ったように言うけれど、その頰《ほお》は照れたように染まっている。

セレベッティさんが、優《やさ》しい顔でオレと翔一郎を見比べて言う。

「二人とも幸せそうな顔をしてる。身も心も結ばれたんだよね。ロマンティックだなあ」

その言葉にほかのメンバーも深くうなずいていて……オレは真っ赤になる。

「おまえ……もしかしてオーナーと鮎川さんだけじゃなくてみんなにも言ったのか？」

「だって、あんまり嬉《うれ》しくて」

「このダメ犬！　お仕置きとしてとうぶんお預けにしてやる！」

オレの言葉に、翔一郎は尻尾《しっぽ》を垂らした犬のようにしょんぼりして……メンバーに爆笑《ばくしょう》されている。

「そうしたら、そろそろ始めさせてもらっていいですか？」

オレが言うと、メンバーたちがうなずいてくれる。ガラヴァーニ氏が、

「最初は誰《だれ》にインタビューしたい？」

オレは鞄《かばん》の中からスケジュール帳を取り出して、書き付けておいたページを開く。

「誰から、というよりも、ここにいる全員に同時にインタビューをしたらどうかと思って」

「同時に？　座談会形式ってこと？」

鮎川さんの言葉にオレはうなずく。

「ええ。今までの特集も面白《おもしろ》かったんですけど……みなさんのキャラはあまり出ていなかったと思うんです。写真も質問も通り一遍《いっぺん》のものでした。オーナーは普通《ふつう》の有能なハンサムだし、鮎川さんはクールな美人って感じしか出ていなくて……本当のキャラとズレがあるなって」

「はあ？　私は、有能なハンサムではないというのか？」

「そうでないとは言わないけどね」

「たしかに、本当のキャラクターの方が親しみが湧《わ》くかもしれないね」

呆然《ぼうぜん》と言われたガラヴァーニ氏の言葉を、鮎川さんとグランシェフのセレベッティさんが受け、メンバー全員がおかしそうに笑う。

「これだけの人気店である『リストランテ・ラ・ベランダ・ミラノ』のメンバーの素顔を載《の》せた本は、今まで一つもありませんでした。オレはそこを狙《ねら》おうかと」

「ううん、面白いかもしれないね」

スー・シェフのグランデ氏が言い、ほかのメンバーも賛成してくれた。

「決まりだな。それならせっかくのいい天気だし、中庭にテーブルを出さないか?」

ガラヴァーニ氏が言いだし、彼が呼んでおいたカメラマンが大賛成している。

「俺、インタビューの待ち時間にと思ってバジリコとオリーブの一口パイを焼いてきたんですけど……出しちゃいましょうか?」

翔一郎の言葉に、鮎川さんがうなずいて、

「そういえば店の冷蔵庫に上等のハモン・セラーノとリコッタ・ロマーナが残ってたかも」

「いいねえ……そうだ、在庫が半端《はんぱ》な数になっていたキャビアも出してしまおう!」

セレベッティさんが楽しそうに言い、ソムリエのチェザーレさんが答える。

「それなら私がぴったりのワインとシャンパンをセレクトします。腕《うで》が鳴るなあ」

彼らは口々に話しながら、厨房《ちゅうぼう》の方に去って行く。オレは驚《おどろ》いて、

「いいんですか?」

言うと、ガラヴァーニ氏は楽しそうに笑って言う。

「実は、定休日についついここに集まり、ピクニックになってしまうことはよくあるんだ」

「本当ですか? それって記事にしても?」

「もちろんかまわないよ。記者たちはみんなかしこまって誰も聞こうとしなかったが……もともとうちはゴシップ以外のことにはかなりオープンなんだ」

ガラヴァーニ氏は中庭に続くフランス窓を開けてくれながら、楽しそうに笑う。

「今日のインタビューは今までで一番楽しいものになりそうだな」

そして。

オレたちはチェザーレさんがセレクトしたシャンパンを開けて乾杯《かんぱい》し、翔一郎が作ったパイと、鮎川さんとセレベッティさんが即席《そくせき》で用意してくれたやたら高級なおつまみを食べながら、大いに盛り上がった。

オレはレコーダーだけを回しっぱなしにし、あとはみんなが盛り上がるように気をつけていただけで堅苦《かたくる》しい質問をすることはしなかった。

ガラヴァーニ氏がそのルックスに似合わないちょっとマヌケな発言をするのも楽しかったし、美人の鮎川さんがその顔に似合わないべらんめえな口調でそれに突《つ》っ込みを入れるのもすごくおかしかった。セレベッティさんは爽《さわ》やかなルックスに似合ったいい人ぶりを発揮していて、自分の料理ではなくほかのメンバーの料理ばかりを褒《ほ》めているところが微笑《ほほえ》ましかったし、古参のメンバーたちが若い世代をどんなに優しく見守っているかも聞けて、心があたたまるようだった。そして……。

「俺、自分の作ったデザートで誰かを幸せにしてみたいんです」

シャンパンに酔《よ》った翔一郎が、いつもよりも饒舌《じょうぜつ》に語っている。

「誰かに『美味しい』って言ってもらえるのは至上の喜びだし、そのためならどんな努力でもしなきゃと思ってる。それはきっとこの『リストランテ・ラ・ベランダ・ミラノ』のメンバー全員に共通することだと思うんです」

座談会の様子をずっと撮《と》っていたカメラマンが、我を忘れたように翔一郎に向けてシャッターを切っている。

「俺にとってパティシエは天職です。この仕事ができてよかった。そしてこの店で働けてよかった。これからもこの店のお客様を、そして……」

彼はチラリと目を上げてオレを見つめる。

彼の漆黒《しっこく》の瞳《ひとみ》に浮《う》かんだ優しい光に、オレの鼓動が速くなる。

「……大好きな人を笑顔《えがお》にしてあげられたら……それが俺の一番の幸せなんです」

目を輝《かがや》かせて語る若いスー・パティシエは、凛々《りり》しくて、とてもいい顔をしていた。

……きっと、すごく素敵《すてき》なグラビアに仕上がるだろう。

……そして、この特集はきっと素晴らしいものになる。

オレは確信し、そして心の中に広がる幸せを噛《か》み締《し》める。

……本を作り上げるこの仕事は、オレにとっても、きっと天職なんだ。

＊

「行きました！　百五十万部だそうです！」

書類を手にした小川が、叫《さけ》びながら編集部に飛び込んでくる。

「わが社始まって以来の、最高新記録だそうですっ！」

続いて、満面の笑みで編集部に入ってきた部長が、

「『MD』が存続するのは言うまでもないが……第一編集部全体に臨時ボーナスが出るようだよ。社長はごきげんで、今年の社長賞は『MD』にほぼ間違《まちが》いないらしい」

「当然よ！」

神田さんがきっちり自分で買った最新号の『MD』をうっとりと眺《なが》めながら言う。

「あの記事は最高だったわ！　ガラヴァーニ氏がちょっとヌケててすごく可愛《かわい》いことがわかったし、鮎川くんが顔に似合わず毒舌なところもすごく素敵だった！　それに何より……」

彼女は『MD』の表紙グラビアをうっとりと見つめて、

「この超《ちょう》美形の新人スー・パティシエの存在を、世に知らしめてくれたんだもの！」

『MD』の表紙に写っているのは、あの時の翔一郎の顔。イタリアの陽光の下で目を輝かせて話す翔一郎はあまりにも魅力《みりょく》的で……オレたちは全会一致《いっち》でこれを表紙に決めた。

翔一郎はものすごく照れていたし、オレは自分の恋人《こいびと》が世界中の人々の目に触《ふ》れるのがちょっとだけ複雑だったけど……でもそれにもまして、愛している人がこんなに輝いていることが嬉しかった。オレも頑張《がんば》らなくちゃ、って思える気がしたんだ。

「やったなあ、安藤」

編集長が、オレににやりと笑いかける。

「いや……というよりも、おまえを行かせた私の采配《さいはい》のおかげだな」

あの命令のせいでどんなに苦しんだかを思い出したオレはがっくりとうなだれるけれど……

でもあの苦しみと引き換《か》えに得たものは、本当に大きい。

……悔《くや》しいけど、編集長にちょっとは感謝かな？

オレが記事を書いた『MD』は売れに売れ、もちろん編集部の存続は決まった。

オレと翔一郎はミラノと東京に離《はな》れ離《ばな》れだけれど……この間の記事があまりに好評で、インタビュー連載《れんさい》が決まった。

ガラヴァーニ氏や『リストランテ・ラ・ベランダ・ミラノ』のメンバーもあの座談会が楽しかったらしく、次はどんな趣向《しゅこう》にするかで盛り上がっているらしい。

長距離恋愛《ちょうきょりれんあい》ではあるけれど、オレと翔一郎はめちゃくちゃにラブラブだ。朝まで離してもらえず、インタビューに行って店のメンバーに笑われることもしばしばだ。

「オレはそろそろ帰りたいんですけど……この書類、今夜中にまとめないとヤバいかなあ」

オレがデスクに積み上がった書類を眺めてため息をついた時、編集部のドアにノックが響《ひび》き、いきなりドアが開いた。

「こんにちは。昌人を迎《むか》えにきました」

言いながら入ってきたのは、イタリアンスーツに身を包んだとんでもない美形。

「……きゃあ！　やっぱり本物はもっと素敵……！」

神田さんがうっとりとした声で言う。

彫刻《ちょうこく》みたいに端整《たんせい》な顔立ち。そしてそこに浮かぶ、大型犬みたいに人懐《ひとなつ》こい笑み。

「……翔一郎……」

恋人になれて一ヵ月。もうそろそろ慣れてもいいはずなのに、彼を見るたびにオレは頬《ほお》が熱くなってしまう。

「な、なんで来たんだよ？　ホテルで待ってろって言っただろ？」

照れ隠《かく》しに叫ぶと、彼は平然と肩《かた》をすくめて、

「だって、迎えに来ないと、仕事熱心なあなたはいつまでも残業するだろ？」

翔一郎の言葉に、編集長と部長が可笑《おか》しそうに笑っている。

「さっさと行ってあげなさいよ！　書類は私と小川が引き受けたわ！」

神田さんが言い、オレの背中を押してくれる。翔一郎がその笑みを神田さんに向けて、

「そうだ。フィナンシェを焼いてきたんです。みなさんでどうぞ」

盛ってきた箱を彼女に渡《わた》している。小川が飛んできて、

「うわあ、『リストランテ・ラ・ベランダ・ミラノ』のスー・パティシエが作ったお菓子《かし》！　めちゃくちゃ感激です！」

翔一郎はオレのデスクの上から鞄《かばん》を持ち上げ、さりげなくオレの肩を抱《だ》く。

「それでは、彼はいただいていきますね。……お先に失礼します」

言って、俺の肩を抱いたまままさっさと編集室を出てしまう。ちょうど帰り時刻のせいか、ほかの編集部の女の子たちがオレに挨拶《あいさつ》をし……そして美しい翔一郎に呆然《ぼうぜん》と見とれている。

「ちょっと待てよ、オレはまだ仕事が……」

「キスができる場所はどこ？」

翔一郎が、歩きながらいきなり言う。

「え？」

「今すぐにキスをしたい。キスができる場所を教えてくれないなら、廊下《ろうか》で唇《くちびる》を奪《うば》うよ？」

見下ろしてきた漆黒の瞳には、狼《おおかみ》みたいな獰猛《どうもう》な煌《きら》めき。

「二週間も会えなかったから、俺、発情してるみたいだ。すぐにキスをさせてもらわないと、このまま廊下で大変なことをしてしまいそう」

低い声で囁《ささや》かれて、オレの身体《からだ》がジワリと熱くなる。

「このバカ犬。少しはお預けを覚えろよ」

オレは囁き返し、それから映像資料室のドアを開いて中に滑《すべ》り込む。映像資料しかない狭《せま》いこの部屋は、オレがよく仮眠《かみん》に使っている場所で、受付はもちろんいないばかりか年に一度くらいしか人が来ないんだ。

オレは翔一郎を先に入れ、ドアに寄りかかって後ろ手に鍵《かぎ》をかける。

「二人きりになったぞ？　これからどうしたいんだよ？」

オレが囁くと、翔一郎はセクシーに微笑んで、オレの唇にそっとキスをする。

「……美味《おい》しい……」

囁きながら、今度はもっと深いキス。

「……あなたのことを味わいたくて、おかしくなりそうだった……」

彼は顔を下ろし、オレの首筋にキスをしながら囁く。

「だって、どんなに美味しいデザートを作っても、あなたの身体にだけはかなわないんだ」

……あんなに可愛かった子犬が、今はこんなに獰猛な狼に育ってしまうなんて！

彼の手がオレのネクタイをシュッと解《ほど》いてしまう。

……こうやって美味しく食べられてしまう、オレもオレなんだけど。

オレの年下の恋人は、見とれるようなハンサムで、ちょっと甘ったれで、でも本当にセクシーなんだ。

あとがき

こんにちは、水上ルイです！
初めての方に初めまして！　水上の別のお話を読んでくださった方にいつもありがとう！
あ、この本を立ち読みしてるあなたは、危険ですのですぐさまレジへゴー！（笑）
今回のお話は、恋愛《れんあい》条件シリーズの第四弾《だん》になります。第一弾が『ショコラティエの恋愛条件』、第二弾が『グランシェフの恋愛条件』、第三弾が『エグゼクティブの恋愛条件』、そして第四弾がこの『パティシエの恋愛条件』です。でも読みきりですので、この本から読んでいただいても全然オッケー！　安心してお買い求めくださいね！（笑）
今回は『リストランテ・ラ・ベランダ・トーキョー』から『リストランテ・ラ・ベランダ・ミラノ』に舞台《ぶたい》が移ってます。ミラノ本店で働く若き天才パティシエ・翔一郎と彼の幼馴染《おさななじみ》の雑誌記者・昌人のお話。年下ワンコ×口の悪い美人です（とはいえ水上の書く攻《せめ》なのでタガが外れるとワンコから獰猛《どうもう》な狼《おおかみ》に・笑）。見かけは大人なハンサムなのに中身はワンコな翔一郎は、書いていてとても楽しいキャラでした。昌人は口ではなんだかんだ言いつつ面倒見《めんどうみ》がいいお姉さん（?・笑）キャラだったような。悪いことをしたらお仕置きをしつつ、末永くワンコを可愛《かわい》がってやっていただきたい（笑）。

水上は小説家になる前はジュエリーのデザイナーだったのですが、仕事柄《がら》、デザイナー室には世界のファッション雑誌が資料としてずらりと並んでおりました。新刊が出るとどんどん補《ほ》充《じゅう》されるというお洒落《しゃれ》雑誌好きにはたまらない環境《かんきょう》でした（はあと）。最近はファッションだけでなく、グルメ雑誌もかなりお洒落ですよね。昌人はお洒落系グルメ雑誌の編集さん。憧《あこが》れの職業だったので、書いていてとても楽しかったです！　出版関連の仕事をしているキャラのお話はまた書いてみたいです（大変な仕事だろうと想像はできますが・涙）。

それから。今回は、前回の『エグゼクティブ〜』に登場した大富豪《だいふごう》のレストランオーナーのガラヴァーニと、美人でクールなスー・シェフ、鮎川も登場しています。前回無事に結ばれた二人、あれからいろいろ苦労したようです（涙）。これからも頑張《がんば》れ〜（涙）。恋愛条件シリーズは舞台になったレストランやキャラが一部かぶっていますので、よかったら前の本も読んでいただけると、ますますお楽しみいただけるかと思います（CM・笑）。

楽しんで書いたお話です。あなたにもお楽しみいただけていれば嬉《うれ》しいです！

それではここで、各種お知らせコーナー！

★個人同人誌サークル『水上ルイ企画室』

夏・冬コミに（受かれば）参加予定。受かったらオリジナルの新刊を出してるかも！

★最新情報をゲットしたい方は、ＰＣか携帯《けいたい》でアクセス！

ＷＥＢ環境にある方は、『水上通信デジタル版』http://www1.odn.ne.jp/ruinet/menu.html へＰＣでどうぞ。最新情報が手に入ります！　携帯用メルマガは、携帯電話にて http://www.mcomix.net/ へ！　たまにのんきなメルマガが届きます♪

こうじま奈月先生。本当にお忙《いそが》しい中、素敵《すてき》なイラストをどうもありがとうございました！　ワンコだけどセクシーという難しいキャラの翔一郎、本当に素敵でした！　気の強い昌人もとても美人に書いていただいてうっとりしました！　またお仕事をご一緒《いっしょ》できて嬉しかったです！　これからもよろしくお願いできれば幸いです！

ＴＡＲＯ。ネコの『はっちゃん』、肉球サイン入り本ゲット♪　希少本♪

担当Ａ澤さん、編集部の皆様《みなさま》。本当にお世話になりました！（感涙）そしていろいろとご迷《めい》惑《わく》をおかけしてすみません（涙）。これからも頑張りますので、よろしくお願いできれば嬉しいです！

最後になりましたが、この本を読んでくれたあなたへ。どうもありがとうございました！

二〇〇七年も水上は頑張ります！　今年もよろしくお願いいたします！

それではまた。あなたにお会いできる日を、楽しみにしています！

二〇〇七年一月

水　上　ル　イ

KADOKAWA RUBY BUNKO

パティシエの恋愛条件《れんあいじようけん》

水上《みなかみ》ルイ

角川ルビー文庫 R92-12 14536

平成18年12月31日 初版発行

発行者——井上伸一郎
発行所——株式会社角川書店
東京都千代田区富士見2-13-3
電話/編集(03)3238-8697
営業(03)3238-8521
〒102-8177 振替00130-9-195208
印刷所——旭印刷 製本所——BBC
装幀者——鈴木洋介

ISBN4-04-448612-3 C0193 定価はカバーに明記してあります。

KADOKAWA RUBY BUNKO

角川ルビー文庫

いつも「ルビー文庫」を
ご愛読いただきありがとうございます。
今回の作品はいかがでしたか?
ぜひ、ご感想をお寄せください。

〈ファンレターのあて先〉

〒102-8177 東京都千代田区富士見2-13-3
角川書店 ルビー文庫編集部気付
「水上ルイ先生」係

水上ルイ
Rui Minakami Presents
イラスト／こうじま奈月
君は料理だけでなく、
愛の行為にも素晴らしい才能を
もっているらしい…。
エグゼクティブの
恋愛条件
ずっと片想いをしていたグランシェフの小田桐に失恋したシェフの鮎川。
その弱い心の隙をつくようにして、店のオーナーでもある大富豪のアルマンドが、
鮎川にある取引を仕掛けてきて……!?
最上級な男×極上なクールビューティーが贈る
美味しい恋のスペシャル・ラブレシピ♪

ルビー文庫

水上ルイ
Rui Minakami Presents
イラスト／こうじま奈月
——俺の恋愛対象は男だけだ。
だから、キミの身体に触れるのは
とても楽しいんだよ。
グランシェフの恋愛条件
あこがれのシェフ・小田桐のもとで働くこととなった和哉だけど、
1回指導するたびにキスマークを付けると条件を出されてしまい…？
とろけるほどに美味しい恋のスペシャル・ラブレシピ♥

ルビー文庫

水上ルイ
Rui Minakami Presents
イラスト／こうじま奈月
チョコレートの代価は、
君の初めての夜だ――。
ショコラティエの恋愛条件
大好きなチョコレートを手に入れるため、世界一美味しいチョコレートを作る
ショコラティエ・一宮から出されれたある「交換条件」を受け入れた葉平ですが…？
アナタを恋の虜にする、スペシャル・ラブレシピ☆

ルビー文庫

甘く危険な恋の香り
カリスマ調香師×新人社員のエロティック・ラブ!
新作香水の制作をカリスマ調香師・西園に依頼した
新人社員の亮介。だけど仕事を受ける代わりに
「条件」を提示されて…?
水上ルイ
イラスト/藤井咲耶

ルビー文庫